# 다시 한번

# 다시 한 번 ㅋ

손종호 장편소설

초판 1쇄 찍은 날 § 2016년 3월 31일
초판 1쇄 펴낸 날 § 2016년 4월 7일

지은이 § 손종호
펴낸이 § 서경석

편집책임 § 김현미

펴낸곳 § 도서출판 청어람
등록번호 § 제387-1999-000006호
등록일자 § 1999. 5. 31
어람번호 § 제1-2390호

주소 § 경기도 부천시 원미구 부일로 483번길 40 서경B/D 3F (우) 14640
전화 § 032-656-4452 팩스 § 032-656-4453
http://www.chungeoram.com
E-mail § chungeorambook@daum.net



ISBN 979-11-04-90725-8 04810
ISBN 979-11-04-90670-1 (세트)

# 다시 한번 3

손종호 장편 소설

FUSION FANTASTIC STORY

도서출판 청어람

다시 한번

# 목차

# 1장

## 월드컵

2002년 6월 4일.

내가 살고 있는 세상은 온통 붉게 물들었다.

한국의 유례없는 월드컵 4강의 기적을 만들어낸 2002년 한일 월드컵 D조 예선전, 한국 대 폴란드를 응원하려는 사람들로 인해.

이 광경을 다시 보게 될 줄이야. 언제 이렇게 모였데. 하여간 우리나라 사람들 순간 집결력은 알아줘야 된다니까.

추억에 잠겨 잠시 거리를 둘러보려고 했지만 시계를 보니 어느새 약속 시간이 다가와 있었다. 서둘러 약속 장소인 근처의 호프집으로 들어서니 월드컵을 위한 대형 스크린이 준비되어 있었고 그 근처에 앉아 있던 지훈이 손을 흔들었다.

"이제 오냐. 하마터면 자리 뺏길 뻔했어!"

"아, 미안. 근데 웬일로 다들 이렇게 일찍 왔냐?"

평소엔 늦장을 부리던 녀석들이 공부를 한다던 예슬이 말곤 다 왔구만?

"이런 날을 놓치면 안 되지. 직접 가서 봤으면 더 좋았겠지만."

축구엔 관심도 없던 세나마저 이 정도이니 다른 놈들은 안 봐도 뻔했다.

"하긴 언제 또 우리나라에서 월드컵을 하겠어. 다들 즐겨봅시다."

내 말에 현성이 분위기를 띄우자는 듯 웃으며 벨을 눌렀다.

"그럼 일단 경기 시작 전에 맥주나 한 잔 할까?"

"그려."

주문을 하고 잠시 후 종업원이 가져온 맥주를 마시며 주위를 둘러보니, 가게 벽에 붙어 있는 '이기면 맥주 공짜'라는 문구가 눈에 들어온다.

잘 기억은 안 나지만 예선전에선 미국 말고는 다 이겼던 것 같은데?

그럼 결과를 알고 있으니 다른 식으로 한번 즐겨볼까?

"야, 안주는 나눠서 내기로 하고, 가위바위보해서 진 사람이 술값 내기할래?"

"그거 재미있겠는데. 난 콜."

"나도 할래~"

내 손이 가리키고 있는 가게 문구를 본 녀석들이 혹한 모양이다.

"가위, 바위, 보!"

그렇게 몇 번을 반복한 가위바위보의 결과는 세나의 당첨이었다.

"그럼 세나가 내는 걸로?"

"말 안 해도 알아……."

어차피 녀석이 술값을 낼 일은 없겠지만, 경기 내내 마음 졸이며 지켜볼 세나를 생각하니, 벌써 과외로 인해 쌓인 체중이 한 번에 내려가는 기분이다.

"오~ 경기 시작한다."

천진난만한 시열의 말에 세나가 부들부들 떨리는 손으로 맥주를 마시며, 막 시작한 한국과 폴란드 경기에 집중했다.

경기 내내 공이 한국 팀과 폴란드 팀을 오갈 때마다 세나의 얼굴에 희비가 교차한다.

"아오! 그걸 왜 못 넣어!"

우리나라 선수가 찬 공이 골대 옆으로 지나가자, 세나가 맥주잔을 '쾅' 소리가 날 정도로 강하게 내려놨다.

"세나야, 진정해. 컵 깨지겠어."

옆자리의 시열이 불안한 듯 세나에게 말했지만 경기에 집중한 그녀의 귀엔 들리지 않는 모양이다.

"와~"

20분쯤 대형 스크린 속 황선홍의 슛이 폴란드 골키퍼의 수비를 뚫고 골대를 가르자, 가게 안의 사람들이 일제히 환호성을 질렀다.

그리고 우리들 중에선 가장 긴장을 하며, 경기를 지켜보던 세나 역시 폴짝폴짝 뛰며 난리도 아니었다.

"와! 꼴!!! 꼴!!"

"마셔!"

이미 결과를 알고 있어 감흥이 없을 줄 알았는데, 친구들이 신이 나서 골을 외치는 모습에 어느새 같이 맥주를 들이켜며, 놈들과 얼싸 안고 축제를 즐기고 있었다.

"딱 한 골만 더 넣었으면 좋겠다……."

골이 들어가자 기분이 업된 친구들의 입으로 술이 술술 넘어가는 모습을 본 세나가 한 골 이후 별 소득 없이 전반전이 끝나자, 한 골 차는 불안한지 말을 흐린다.

천하의 윤세나도 자신의 능력이 아닌 일엔 불안한 모양이다.

"세나야, 걱정 마. 곧 넣을 거야!"

그런 세나를 위로한 시열이 자신의 빈 맥주잔을 보곤 눈치도 없이 벨을 눌렀다.

띵동!

"박.시.열. 너……."

"어… 어… 꼴~ 세나야! 골!"

"어? 진짜?"

시열에게 화를 내려던 세나는 후반 시작 10분도 채 지나지 않아 터진 유상철의 그림 같은 중거리 슛을 본 시열의 외침에 녀석을 끌어안고 좋아하고 있었다.

그런 둘의 모습이 한 편의 시트콤처럼 보였다.

* * *

"그날 애들이랑 재밌었어?"

과외를 받던 예슬이 억울한 눈빛으로 물었다.

"음? 아~ 축구? 그냥… 뭐, 조금?"

"치, 웃기시네! 시열이한테 들으니까 완전 재미있었다고 난리던데 뭐."

"야, 시열이 갠 우리나라가 져도 좋아할 놈이야. 물어볼 놈한테 물어야지……."

"그런가? 아무튼 부럽긴 하더라."

"후… 그러면 그냥 참지 말고, 우리나라 경기만 챙겨보고 다시 공부하면 되지. 억지로 참으면서 공부하면 공부도 안 되잖아."

"그럴까?"

뭘 그럴까냐? 이미 그러려고 하는 얼굴로.

* * *

이탈리아를 극적으로 꺾고 한국 월드컵 최초 8강 진출이라는 쾌거에 국민들은 한창 열광의 도가니에 빠져 있건만, 대학 새내기인 우린 처량하게 기말고사를 치르고 있었다.

그리고 곧 시험을 치를 강의실엔 광화문에 모인 수백만 명 중 1인이었던 자신이 이런 곳에 있어선 안 된다는 개또라이의 외침이 울려 퍼지고 있다.

"하… 이게 뭐야? 시험이라니? 내가 응원을 하지 않으면 어떻게 우승을 하겠어!"

"창피하니까 자리에 좀 앉아. 아니면 저 뒤에 혼자 처박혀서 외치든가."

광현이 녀석의 말이 이해가 안 되는 건 아니다.

16강 때는 센스 있는 교수님들께서 대체 리포트를 내주신 덕분에 편히 볼 수 있었으니까.

어쨌든 이게 기말고사 마지막 과목이니 그걸로 만족해야겠지.

잠시 후, 법학개론 교수님 대신 조교가 강의실에 들어와 칠판에 〈법학이란 무엇인가?〉란 글을 적으며 시험지를 나눠줬다.

칠판에 적힌 글을 보니, 선배들의 말 그대로였다. 언제나 법학개론 교수님께선 저 문제를 기말고사에 내신다고 하더니.

"벌써 다했냐?"

먼저 끝난 사람은 시험지를 제출하고 나가도 된다는 조교의 말에 시험지를 내자, 그가 놀란 듯 물었다.

"예."

"하긴 우리 때도 이 문제였으니……. 월드컵 기간에 시험본다고 고생했다. 방학 잘 보내라."

"예, 감사합니다."

이제 내일부턴 방학인가. 그래 봐야 기숙사에 머무르는 건 변함이 없겠지만.

지이잉— 지이잉—

음? 어머니?

3일 전에, 기숙사 잔류 신청을 하면서 연락을 드렸는데 무슨 일이시지?

"예, 엄마. 무슨 일이세요?"

—응~ 우리 아들. 장학금 받는다는 거 들어와서 말해주려고 전화했지!

학기 초에 계좌 번호를 알려달라더니 이제야 들어온 건가. 1학기 전액 장학금이라고 듣긴 했는데.

"아, 그래요? 얼마 정도 들어왔어요?"

—글쎄? 확인을 니 아버지가 해서 엄만 잘 모르겠네…….

아이구, 어머니도 참. 돈 관리는 본인이 하시면서 무슨…….

"그래요? 그럼 아버지께 전화드려봐야겠네요. 엄마 그럼 끊어요."

장학금을 달라고 할 생각도 없었지만, 혹시나 내가 가진다고 할까봐 얼른 말을 돌리는 어머니를 보니 장난을 치게 된다.

—얘! 승민아! 아서, S대 과수석에 장학금까지 받는다고 동네방네 자랑을 했더만 쥐꼬리만큼 줬다고 니 아버지가 얼마나 화를 내셨는데. 괜히 아버지께 한소리 듣지 말고, 엄마가 아빠 몰래 용돈 좀 줄 테니까 그런 줄 알아. 알았지, 아들?

"예, 알겠어요."

어머니의 귀여운 거짓말에 나오는 웃음을 참으며 통화를 마쳤다.

*　　*　　*

"야, 승민아. 너 핸드폰 진동 온다."

"응?"

단잠을 깨운 광현이 녀석이 핸드폰을 건네온다.

"어… 땡큐? 잠깐만, 왜 니가 여기 있냐?"

지이잉―

기숙사 잔류 신청도 안 한 놈이…….

"어, 어제 짐 빼려다가 너 혼자 있으면 외로울 것 같아서 이 몸이 잔류 신청을 하셨지!"

"당장 짐 빼라."

"싫소! 그런데 너 그 전화 안 받아도 되냐? 여자 전화던데?"

지이잉―

여자?

―이씨! 최승민! 완전 빠져 가지고 누님 전활 이제 받아?

"아… 누나 죄송해요. 지금 일어나서 정신이 없었어요. 근데 무슨 일이세요?"

―니가 대학교 가면 연락한다더니 연락 한 통도 없어서 내가 먼저 했다!

"죄송해요, 누나. 이제부터 진짜 연락 자주 드릴게요."

―됐고, 지금 당장 솔병원으로 튀와.

"예? 병원이요? 누구 다쳤어요?

—나.

"예? 어디를요!"

—와보면 알아. 그러니까 얼른 오세요?

누나의 말투를 들어보니 그리 심각하진 않은 것 같긴 했지만, 그래도 워낙 밝은 사람이라 크게 다쳤을지도 모른단 생각이 들었다.

"왜? 누가 다쳤어?"

"아, 아는 누나. 광현아 미안한데 나중에 이야기하자, 지금 바로 병원으로 가봐야 될 것 같아."

"그려. 무슨 일인지 모르겠지만 큰일은 아닐 거야."

웬일로 진지한 눈빛을 한 녀석이 걱정하지 말라는 듯 어깨를 두드렸다.

"그래, 고맙다."

그렇게 갑작스러운 누나의 병원 입원 소식에 부랴부랴 택시를 타고 솔병원으로 향해야 했다.

병원에 도착해 누나가 입원해 있는 302호의 문을 열고 안으로 들어가니, 바나나를 까먹으며 TV 리모컨을 조작하고 있는 지수 누나와 민우 형이 손을 흔든다.

"오! 빨리 왔네."

"하… 걱정이라도 덜하게 어딜 다쳤는지 말이라도 해주시죠. 이럴 줄 알았으면 지하철 타고 왔죠. 택시비만 만 원이 넘게 나왔어요, 누나."

다리에 깁스를 한 누나를 보며 허탈감에 빠져 있자, 민우 형이 니가 이해하라는 눈빛으로 의자를 건넸다.

"승민아, 서둘러 오느라 힘들 텐데 일단 앉아라."

"아, 형. 고맙습니다. 근데 누나, 다리는 왜 다치신 거예요?"

"으흠. 프, 프라이버시……."

민망한 듯 시선을 피해 병실 창문을 보는 누나를 민우 형이 기가 차단 듯 쳐다봤다.

"누나, 그게 무슨 프라이버시예요. 승민아, 말도 마라. 4일 전에 우리나라 16강전 했잖아."

"야, 이민우 너 죽어. 말하지 마!"

"아니, 얘도 누나 걱정돼서 여기까지 왔는데, 그 정돈 알아야죠."

형의 말에 누나가 결국 포기했는지 마음대로 하라는 듯 손을 저었다.

"그러니까 누나가… 달리는 트럭에서 뛰어내렸어."

"예!? 무슨 말이에요. 누나가 왜 거기서 뛰어내려요."

"나도 왜 그랬는지 모르겠다. 옆에 계시니 니가 좀 물어봐."

민우 형에게 누나의 사연을 계속 들어보니 아휴, 트럭 뒤에 탄 채 응원을 하던 지수 누나가 우리나라가 이탈리아를 이기자 홍을 못 이기고 뛰다가 그만, 트럭 밑으로 떨어진 것 같았다.

"그나마 응원하던 차라 속도를 거의 안 내서 이만한 거지. 정말 큰일 날 뻔했어."

민우 형은 그날 일은 생각도 하기 싫다는 듯, 진절머리를 치며 말을 이었다.

"야, 그리고 옆에 있던 나도 죽을 뻔했어."

"형은 왜요? 누나가 형을 잡는 바람에 형까지 떨어지신 거예요?"

"아니, 쪽팔려서 새꺄. 자빠져서 코피까지 흘리는데, 저걸 구해야 하나 말아야 하나 한참을 고민했다."

시종일관 진지한 표정으로 이야기를 하던 민우 형의 생각지도 못했던 말에, 터져 나오는 웃음을 참을 수 없었다.

"최승민. 좋은 말로 할 때 그만 웃어라?"

"네, 누나……. 흐흫, 흐흡, 흐흐흫."

"이게 진짜!"

당장에라도 던질 것처럼 바나나 껍질을 꽉 쥔 누나를 보니, 더 웃었다간 큰일 날 것 같다.

"흐흠, 웃어서 죄송해요."

"진작 그럴 것이지."

"누나, 근데 많이 다치신 거예요?"

"아니, 그냥 떨어진 충격에 다리만 똑 하고 부러진 거지."

아직 화가 덜 풀렸는지 심드렁하게 말을 하고는 있지만, 편안해 보이는 누나의 얼굴을 보면, 많이 다치진 않았나 보다.

하긴 심하게 다쳤으면 민우 형이 장난을 치지도 않았겠지.

"다행이네요."

"응. 그것보다 엄마한테 맞아 죽을 뻔했어."

"그러게 왜 사서 혼날 짓을 해요?"

"최승민……. 안 본 사이에 많이 컸다?"

"아, 죄송해요. 그만 본심이 나와 버렸네요……."

"괜찮… 뭐?"

"장난이에요. 아주머니 성격에 많이 혼나셨겠네요."

"말도 마라. '이년아! 그러게 직장도 못 잡고 처 놀면 집구석에 있을 것이지, 나가서 이게 뭔 짓거리냐'고 어찌나 화를 내시는지… 그 바람에 등짝을 몇 대를 맞았는지 몰라."

금이야 옥이야 키워온 딸이 다쳤으니, 아주머니께서 얼마나 속상했으면 그랬을까…….

맞을 짓을 했단 눈빛으로 빤히 지수 누나를 쳐다보자, 그녀가 말을 돌린다.

"흐흠, 근데 승민이 너 대학은 생활은 할 만해?"

"예, 그럭저럭요. 뭐, 막상 다녀보니까, 고등학교랑 별로 다른 것 같지도 않아서 조금 실망스럽긴 해요."

"그치? 나도 그랬어. 지금 생각해 보면 너무 기대를 해서 그랬던 것 같아. 그래도 졸업하고 나니까 그때가 그립네. 넌 좋은 추억 많이 남겨. 재미없게 누나처럼 공부만 하지 말고……."

"네? 누구처럼요?"

오랜만에 좋은 사람들과 대화를 나누다 보니, 시간 가는 줄도 모르고 있었구만. 얼굴만 잠깐 보고 가려고 했는데, 한국 8강 경기를 같이 보게 될 줄이야…….

"아까야 장난으로 말한 거지만 얼마나 놀랐는지 모른다."

"형이 놀랄 만도 하죠. 갑자기 같이 놀던 사람이 다쳤으니… 그나저나 이래도 되요?"

병원 근처에서 시켜놓은 치맥을 기다리면서도, 다친 사람이 술을 먹어도 되나 싶었다.

"가뜩이나 심심하다고 난리도 아닌데, 말한다고 그 인간이 들어 먹겠냐……. 먹고 고생 좀 해봐야 안 먹겠지."

한숨을 내쉬는 걸 보면, 괜히 하숙 생활을 해서 이 양반도 고생이 많구만.

음? 잠깐, 이 형이 옆방 첫 하숙생이었으면 분명 내가 하숙을 하고 있을 때, 나갔어야 말이 되는데… 왜 아직도 하숙을 하고 있지?

"형, 형이 하숙 생활한 지 이제 1년 좀 넘었나요?"

"그렇지. 처음엔 여름방학까지만 지내려고 했는데 지내다 보니, 사람들도 다들 좋고 이만한 데도 없다고 생각해서, 조금만 더 있자 하다 보니 벌써 1년이 넘었다야. 하긴 니 덕이 컸지."

이제 어느새 꽤 자란 내 머리를 헝클며, 민우 형이 알 수 없는 미소를 짓는다.

흠, 뭐지? 왠지 수상한데…….

"혹시 딴 마음 있는 거 아니에요?"

"어……? 아냐, 임마."

기대를 저버리지 않고 내 눈치를 보며 말을 더듬는 민우 형을 보니 대충 뭔지 짐작이 가긴 한다.

"지수 누나 애인 있잖아요. 괜찮아요? 형."

"자식아, 헤어진 지가 언젠데 안 그럼 내가 이러……"

속은 걸 깨달은 형이 당황한 눈빛으로 지수 누나에겐 말하지 말아달라는 부탁을 해온다.

"그럴게요. 남녀 관계에 끼어봤자, 골치만 아프니 알아서들 잘해보세요."

"뭐? 인마?"

이제 젖비린내가 조금 가실 나이인 내가 이런 말을 하니 어이가 없는 모양이다.

"왜 이제 와! 경기 시작했잖아. 4강에 올라가느냐, 마느냐 하는 중요한 경기구만!"

편히 누워 있던 양반이… 확, 4강까진 올라간다고 말해 버릴까.

"배달이 늦게 와서 그래요. 누나, 이러다 식어요. 얼른 먹죠."

후, 이 형도 참 배알도 없지…….

다리를 쫙 펴고 화를 내는 저 인간이 뭐가 좋다고 이리 지극정성인지…….

콩깍지가 씌여도 단단히 쓰인 모양이다.

*　　*　　*

"후, 오늘은 여기까지 하자. 많이 늘었네. 이대로만 하면 합격하겠는데?"

"진짜?"

칭찬을 해주니, 월드컵이라고 남들 다 즐길 때 공부를 하느라 지쳐 있는 예슬이의 얼굴에 화색이 돈다.

"응. 하루에 2시간씩만 자면?"

"최승민, 죽을래?"

"그만 노려보고 이거나 받아."

"응? 뭐야? 와~ 어떻게 구했어? 뉴스에서 보니까 표 값 엄청 비싸다던데……."

월드컵 4강 티켓을 건네받은 예슬이 신기한지 요리조리 돌려본다.

"응. 아는 형이 같이 가기로 한 사람이 다쳐서 못 가게 됐다고 주더라. 재수하느라 힘들 텐데 어머니랑 가서 머리나 시키고 와."

"너 보라고 준 거 아냐?"

"아휴, 됐다. 사람 미어터질 텐데. 가봐야 고생이지."

"뭐야. 그럼 나랑 엄마는 고생하란 말이야?"

"그럼 내놔. 준다고 하면 고맙다고 울면서 매달릴 인간들 많거든?"

"싫어! 줬다 뺏는 게 어딨어?"

하여튼, 부들부들 떨리는 손으로 티켓을 건네던 슬픈 눈빛의 민우 형을 생각해서라도 예슬이 니가 즐겁게…….

이런… 4강전이면 지는 경기잖아.

"저기… 예슬아."

"왜?"

뭔가 이상한 낌새를 느꼈는지 불안해하는 얼굴로 티켓을 등 뒤로 감추는 예슬을 보니, 차마 돌려달라는 말을 꺼낼 수 없었다.

"아니다. 잘 보고 오라고."

그래도 어머니랑 같이 가니 잘 토닥여 주시겠지.

"응!"

사상 유례없는 4강 진출이란 쾌거를 이룩하며, 대한민국을 축구 열풍으로 몰아넣은 월드컵이 끝나기 하루 전, 뉴스에선 그 열기에 찬물을 끼얹는 비보를 전해왔다.

그것은 다름 아닌 서해안에서 북한군의 도발로 교전이 일어났다는 속보였다.

서해교전이라는 앵커의 말을 듣자마자, 죄 없는 젊은이들이 희생을 당한 연평해전이란 걸 깨달았다.

왜 소식을 접하고 나서야 이 사건이 떠오르는지… 빌어먹을. 차라리 기억조차 나지 않았다면 얼마나 좋았을까.

대체 난 또 어떤 일들을 기억해 내지 못하고 있는 걸까?

후… 아무리 과거로 돌아왔다 해도 모든 걸 기억할 순 없었다.

월드컵과 같이 즐거운 기억만이 아닌, 이런 일들 또한 눈과 귀를 막고 살지 않는 이상, 과거로 온 내가 감수해야 할 일들이겠지.

그렇게 마음을 먹어봐도 9.11 테러 이후 또다시 이런 일을 겪고 나니 씁쓸하기만 했다.

*　　　*　　　*

"야, 인터넷으로 사면 되지. 이걸 꼭 와서 사야 되냐? 어?!"

2학기부터 시작하려고 마음먹은 사법 고시 준비를 위해 신림동 근처의 서점에 도착하자, 심심하다며 따라 나온 광현이 녀석이 뭔 불만이 이렇게 많은지, 쉴 틈도 없이 계속 투덜댄다.

"괜히 확인도 안 하고 인터넷으로 샀다가 책이 파본이기라도 하면 반품하고 다시 받고, 한 일주일은 그냥 날리는 건데 귀찮아도 와서 보고 사는 게 낫지."

"아휴, 별걸 다 걱정하시네……. 알았으니까 제발 후딱 사고 가자."

짜증이 가득한 광현이 녀석을 데리고 아직 토익 등으로 대체가 되지 않은 외국어 시험을 위한 영어 서적을 하나 산 후, 1차 시험 기본 과목인 헌법, 형법, 민법과 선택 과목 중에선 민지 선배가 추천을 해준 국제법까지 총 4권의 책을 모아서 보니 두께가 꽤 된다.

이게 고작 1차라니…….

1학년을 마치고 휴학을 한다고 해도 내년 2월에 1차를 합격해야만 곧바로 2차 시험 준비를 할 수 있기에 반드시 합격을 해야 했지만, 양을 보니 합격은커녕 8개월이 조금 넘게 남은 시간에 제대로 정리나 할 수 있을지 모르겠다.

"근데 갑자기 웬 사법 고시 준비냐? 보통 2학년부터 하잖아?"

"아, 어차피 교수될 거 아니면 법학과에서 사법 고시 말곤 길이 없잖아. 그럴 바엔 빨리 준비하는 게 낫지. 시간 낭비해서 뭐하냐."

"흐음, 뭐 이리 빡빡하게 사냐. 대학생활 좀 즐기다 해도 충분하잖아?"

"글쎄, 오히려 합격하고 나면 걱정도 없고 더 즐길 수 있지 않나?"

곰곰이 생각하던 녀석이 일리가 있다는 듯 고개를 끄덕인다.

"과연. 그럼 내년에 합격하면 신나게 놀아봅시다!"

어떻게 하면 생각이 그쪽으로 튈 수가 있는지.

"만약에 내가 합격을 한다고 해도, 그땐 니가 사법 고시 준비를 하고 있지 않을까?"

"아니, 그럴 일은 없을 거야."

"…기숙사나 가자."

기숙사로 돌아와, 사온 책들을 대충 훑어보는데도 아직 배우지 않은 법 과목이라 그런지 머리가 아파온다.

흠, 어차피 객관식 시험이면 대충 나올 만한 게 정해져 있지 않나?

이거 괜히 책을 산 건 아닌지 모르겠다. 차라리 처음부터 학원을 다닐걸.

"왜? 방해되면 그만할까?"

책을 덮자, 옆에서 헤드셋을 끼고 게임을 하던 광현이 미안한지 머리를 긁적인다.

"아냐. 혼자 정리하려면 너무 시간을 잡아먹을 것 같아서, 차라리 학원을 다닐까 고민 중이라 그런 거니까 신경 쓰지 마."

"흠, 학원이라……. 사법 고시니까 아까 갔던 신림동으로 가야 하는 거 아냐?"

웬일인지, 녀석답지 않게 뭔가 께름칙해하는 얼굴이다.

"그러려고 했는데 왜? 뭐 문제 있어?"

"그게, 오티 때 사법 고시 준비하던 선배들이 스트레스 푼다고 몇 명 왔었는데, 나중에 고시 준비할 때, 신림동 귀신들 조심하라고 해서 말야."

신림동 귀신? 이놈은 뜬금없이 뭔 소리야.

"갑자기 웬 귀신?"

"아, 말이 너무 생뚱맞았나? 아무튼 장수생들을 그렇게도 부르더라고."

장기 고시생을 말하는 건가?

"근데 왜 그 사람들이 귀신이야?"

"생각해 봐. 신림동에서 그렇게 오래 준비를 한 사람들이 안 들어본 강의가 있겠냐? 너같이 아무것도 모르는 초보 고시생들한테 이 강의는 누가 유명하고, 이건 어디서 나온다는 말로 홀린다더라 뭐 그러다 정신 차리고 보면 어느새 칠팔 년이 훅 지나가 있다던데? 자기도 모르는 사이에 장수생이 되어 있는 거지."

광현의 말을 들어보니, 어쩌면 그들은 그 생활에 너무 익숙해져 버린 나머지 자신만의 세상에 빠져 버린 걸지도 모르겠다.

결국 합격을 위해 여러 강의를 들은 게 오히려 독이 된 건가. 모든 한약을 섞으면 독이 되는 것처럼, 어쩌면 그들은 자신도 모르게 독을 마시고 있는 걸지도.

"너야 알아서 잘 할 테니 괜한 걱정인지도 모르겠는데, 아무튼 가면 조심하라고."

뭐, 녀석의 충고대로 조심해서 나쁠 건 없겠지.

"그래. 그렇게 할게."

*　　　*　　　*

지이잉— 지이잉—

"여보세요?"

—어, 승민아. 경기 잘 봤다고… 엄마도 고맙다고 전해 달래.

"잘 본 놈이 왜 이렇게 축 처져 있어?"

4강전을 한 지 일주일이 넘게 지났는데 이제야 기운 없는 목소리로 전화를 하는 예슬을 보니 그때 티켓을 주지 말걸 그랬다.

—씨, 괜히 보러 갔나 봐. 공부나 할걸…….

"왜?"

—나 때문에 진 거 같아.

"어차피 질 경기여서 진 거야. 괜히 전화해서 헛소리하려면 끊고 공부나 해."

—그래도… 계속 이기다가 내가 볼 때 지는 건 뭐야!

"됐어. 신경 쓰지 마. 나중 되면 이런 게 더 기억에 남는다."

—피, 아저씨 같아.

"뭐가 아저씨야? 어쨌든 그래도 신나게 응원했을 거 아니야."

—응. 목이 다 쉬어서 다음 날 죽는 줄 알았어!

"그럼 됐지. 이기고 지는 게 뭐가 중요해."

—흐음…….

에이구, 미안하게 자꾸 한숨이냐…….

"이만 끊자. 오라버니 바쁘시다."

—응? 승민아, 잠깐만!

"왜? 뭐 할 말 있어?"

—그게. 엄마가 티켓 고맙다고 밥 사주신 다는데 괜찮아?

에휴, 그런 티켓을 주고 무슨 밥이냐.

"아니야. 말씀만으로 감사하다고 전해드려. 어차피 나도 받은 건데 뭐."

—…….

이게 갑자기 왜 대답이 없어.

잠시 후 핸드폰 너머로 예슬이가 아주머니께 투덜대는 소리가 들려왔다.

—엄마! 뭐야? 갑자기 뺏어 가면 어떡해!!

—가만히 좀 있어. 여보세요. 승민아, 예슬이 엄마야.

"아, 안녕하세요."

—어머? 놀랐니?

딸이 저리 화를 내는데, 웃으면서 말씀을 하시는 어머니의 모습이 놀랍긴 하네요…….

"예, 조금요. 아무 대답도 없다 갑자기 아주머니께서 말씀을 하셔서……."

—호호, 미안해. 옆에서 듣다가 아줌마가 예슬이한테 바꿔 달라고 했어. 표까지 구해줬는데, 보답을 안 하면 예의가 아닌 것 같아서.

"아니에요. 괜찮아요. 저도 그냥 어쩌다 구하게 된 건데요. 신경 쓰지 마세요."

—승민아, 사실 그것 때문만은 아니야. 우리 예슬이 과외도 열심히 해줘서 아줌마가 고마워서 그래. 그러니까 부담 갖지 말고 응?

후, 어쩔 수 없나.

예슬이 어머니께서 이렇게까지 부탁을 하시는데 거절할 수도 없는 노릇이고.

"알겠습니다. 말씀대로 할게요."

—그래, 잘 생각했어. 그럼 시간은 승민이가 좋을 때로 정해서 예슬이한테 알려줘.

"예, 그렇게 하겠습니다."

이번 주는 부모님께 사법 고시 준비한다고 말씀드리러 집에도 내려가 봐야 되니, 다음 주에 과외 끝나고 먹는 게 나으려나.

* * *

"이제 무슨 낙으로 사나……."

술 마시는 낙으로 살 놈이 무슨… 그리고 지금도 게임만 잘만 하면서, 어디서 되도 않는 넋두리는.

광현의 모습에서 알 수 있듯 이미 월드컵은 끝났지만, 주변은 아직도 그 후유증에 시달리고 있었다.

하긴 한국인의 사랑을 받는 대표 스포츠 중 하나인 야구 관람 인원이 사상 최저를 기록했다는 뉴스가 나올 정도였으니, 사실 국민 대부분이 월드컵에 빠져 있었다고 해도 과언은 아니었다.

"게임만 잘만 하면서 헛소리하지 말고 그 시간에 알바라도 좀 해라. 너 정도면 과외 자리도 많을 거 아냐?"

"후, 많지. 근데 우리 동아리 물리학과 3학년 선배 이야기 들으니까, 할 마음이 쏙 사라지는 걸 어쩌냐?"

어차피 할 마음도 없던 놈이 핑계는.

"왜? 또 뭔 이야기를 들었길래?"

힐끔 이쪽을 본 녀석이 허탈해하는 목소리로 말을 이었다.

"수학 올림피아드 출전하려고 하는 고삐리 알려준다는데, 주말 몇 번 하고 과외비만 이백만 원이 넘는단다."

"뭐?"

이백만 원이 개 이름도 아니고, 뭔 고등학생 한 달 과외비가 이백이야?

"왜? 아닌 것 같냐?"

"너라면 믿겠냐?"

"아휴, 니가 공부만 하니까 세상물정을 모르는 거야. 그 선배가 작년에 가르친 놈은 올림피아드에서 입상까지 했었는데, 그땐 그 집 부모한테 성과금으로만 천만 원이 조금 넘게 받았데."

듣다 보니 갈수록 가관이다.

"그리고 지금 과외 하는 건 작년에 100 받다가, 이번에 200으로 올렸는데도 받고 싶어 하는 인간들이 넘쳐난단다. 이젠 아예 그쪽으로 나가볼까 생각 중이라는데, 너 같으면 몇 십 받고 과외하고 싶겠냐?"

큰 딸 과외비 때문에 등골이 휠 뻔했던 기억이 떠올라 썩 기분이 좋진 않지만, 노력도 하지 않고 무작정 남을 부러워하는 광현이 녀석 역시 마음에 들지 않았다.

"몰라, 자식아. 헛소리 그만하고 일단 벌어보고 그런 말을 해."

여전히 게임을 하면서 변명을 늘어놓는 광현을 뒤로하고 집으로 내려가기 위해 기숙사를 나섰다.

* * *

"그러니까 니 말은 내년 사법 시험 준비를 지금부터 하고 싶다는 게지?"

아무래도 자식의 일이다 보니 신경이 쓰이시는지, 말씀을 하시는 아버지의 이마엔 주름이 깊게 파였다.

"예. 어차피 봐야 할 시험인데, 미뤄봐야 머리만 아플 것 같아요."

"흠… 승민아, 내 생각엔 대학에서 좀 더 배우고 나서 해도 늦지 않을 것 같다는 생각이 드는구나. 이렇게 아무것도 모르고 달려들었다가 시간만 낭비하면 어쩌려고?"

"그래도 그냥 지금 부딪쳐 보는 게 나을 것 같아요. 대학교에서 배운다고 해도 3~4학년쯤 되어야 깊게 배울 수 있는데, 그땐 너무 늦을 것 같아서요. 그리고 과 선배들도 차라리 2학년 다니지 말고, 휴학하고 준비나 하는 게 나았을 거란 말들을 하더라구요."

"그럼 지금부터 준비하면 합격할 자신은 있는 거야?"

아버지와의 대화를 듣던 어머니께서 걱정 어린 눈길로 말씀하셨다.

"그게… 시험이 시험이다 보니까 최선을 다해보겠다는 말밖엔 달리 저도 장담은 못 드리겠어요."

내 말에 한참을 고민을 하시던 어머니께서 하는 수 없단 듯 말씀하셨다.

"에휴, 쟤가 여기까지 내려온 거 보면 마음 단단히 먹은 것 같은데. 여보, 일단 믿어 봐요. 고등학교 들어가고 나서 승민이가 언제 우리 실망시킨 적 있어요?"

말씀을 마치신 어머니께서 믿으신다는 듯 미소를 지으셨고, 그 모습에 왠지 모르게 가슴이 미어져 고개를 숙이고 말았다.

"후, 그려. 쇠뿔도 단김에 빼야지. 승민아, 한번 해봐."

"예, 실망시키지 않도록 최선을 다할게요."

다행히 어머니 덕분에 꽤나 고생할 거란 예상과 달리, 별 어려움 없이 아버지의 허락을 받고, 기숙사로 돌아올 수 있었다.

다만 합격을 하면 의무적으로 군법무관 3년을 다녀와야 된다는 말에 합격을 하지 못하면, 1년 낭비하지 말고 바로 군대를 가라는 어머니의 말씀이 걸리긴 하지만…….

* * *

"승민아, 예슬이 과외는 잘 하고 있어?"

학원 등록을 위해 신림동에서 학원들을 같이 돌아보던 시열이 뜬금없이 물었다.

"응. 그냥 뭐, 근데 갑자기 그건 왜?"

"아니… 예슬이도 빨리 합격하고 같이 놀면 좋을 것 같아서……."

몇 번 만나지도 않은 예슬이 걱정을 하는 시열이 녀석이 기특해서라도, 올해 합격을 할 수 있게 도와줘야 하나.

"걱정 마. 하는 것 보니까 올해엔 될 거 같으니까."

"응……."

기뻐할 줄 알았더니, 왜 이리 힘이 없냐…….

"뭐야? 왜 어깨가 축 처져 있어? 형님을 못 믿겠단 거야!"

뭐라고 혼자 구시렁거리는 녀석의 목에 팔을 두르고 장난을 치자, 예슬이 때문이 아니라 그저 억지로 끌고 온 게 불만이었던 건지 녀석이 금세 기운을 되찾는다.

"승민아, 그냥 아무데서나 하면 안 돼? 내가 보기엔 거기가 거기 같은데."

"안 그래도 이제 세 군데 정도만 더 돌면 되니까 조금만 참아."

시열이 말대로 내가 봐도 거기서 거기 같긴 하다.

민지 선배나 명철 선배는 단과로 여러 학원에서 들으라고 했지만, 막상 와보니 시간대도 여의치 않은 터라.

이럴 바엔 한 군데에서 듣는 게 훨씬 나을 거 같단 생각이 든다.

"3군데 확실해? 아까도 3군데만 더 보고 가자며!"

"그래. 자, 봐봐. 종이에 3개밖에 안 남았지?"

의심을 하던 시열이 학원 이름이 적혀 있는 종이를 보고 나서야 삐죽 내민 입술을 집어넣으신다.

"승민아, 저기!"

마땅한 곳을 찾지 못해서 심란한 친구의 마음은 생각도 안 하고, 그저 갈 생각뿐이지… 이 썅놈의 새끼야.

"뭐해? 가자!"

그렇게 속도 모르고 해맑게 웃는 시열을 따라 B학원으로 향했다.

"어서 오세요. 강의 신청하러 오셨나요?"

"예, 사시 1차 기본 강의를 듣고 싶어서 왔는데요."

"아, 그러세요? 일단 이쪽에 앉으세요."

직원이 안내해 준 대로 자리에 앉자, 그녀가 친절하게 설명을 하기 시작했다.

"혹시, 학원 강의가 처음이신가요?"

"예."

"아, 그럼 7월부터 새로 시작하는 종합반이 있는데 그걸 듣는 게 나으실 거예요. 저희가 시간표도 다 짜놔서 다니시기만 하면 되거든요."

흠, 여태껏 단과반만 확인을 했는데 한번 보기나 할까.

"괜찮으면 제가 종합반 시간표 좀 볼 수 있을까요?"

"예, 잠시만요."

잠시 후, 직원 분께서 보여준 종합반 시간표를 보니, 4과목 밖에 안돼서 그런지 여유가 있었다.

2차 땐 이런 식으로 짜이면 복습할 시간도 없으니 단과를 들으라는 선배들 말이 맞겠지만, 1차는 이대로 가도 별문제가 없어 보였다.

"음, 잘 봤습니다. 생각 좀 해보고 다음에 다시 올게요."

그렇게 마지막 학원까지 모두 둘러보고 밖으로 나오자, 시열이 의아한 얼굴로 물었다.

"왜 등록 안 했어? 저 학원이 마지막이었잖아."

"아, 고민 좀 해보고 들어보려고."

"무슨 고민? 세나가 그러는데 그 사법… 뭐, 뭐시기는 빨리 준비하는 게 합격할 확률이 조금이라도 높다고 하던데."

"그렇긴 한데. 괜히 엉뚱한 거 들어서 시작부터 삐거덕거리느니 찬찬히 준비하는 게 나아."

조급함이란 놈은 언제나 판단력을 흐리게 만든다.

나 역시 막상 학원에 오니, 빨리 아무데나 등록하고 싶어지니 말이다.

하지만 이럴 땐 오히려 한 걸음 뒤로 물러나서 생각을 해보는 것도 나쁘지 않다.

학원 직원들의 말에 현혹된 걸지도 모르니까.

"잘 가르치니까 학원 아니겠어?"

"그렇지. 근데 강의만이 아니라, 모의고사 시험 준비도 잘 해주는 학원에 다녀야지. 괜히 시험에 나오지도 않는 것들을 시험 문제로 내는 학원도 있다고 하니까."

"뭐야! 돈을 받았으면 똑바로 알려줘야지. 그러는 게 어딨어!"

말을 듣던 시열이 흥분하며 화를 낸다.

어쩌겠냐. 돈에 눈이 멀면 뵈는 게 없다는데.

여하튼 자기 일인 것처럼 방방 뛰는 녀석을 달래며, 공부를 시작하면 한동안 구경도 못 할 술을 마시기 위해 근처의 술집으로 향했다.

*　　　*　　　*

결국, 한참을 고민한 끝에 마지막으로 봤던 B학원에 등록을 했다.

뭐, 단과로 나눠서 다닐 게 아니면 그쪽이 가장 유명하다는 민지 선배의 말이 크게 작용하긴 했지만.

그렇게 7월 8일인 다음 주부터 시작이라는 종합반 수업을 준비하기 위해 미리 산 교과서에 나름대로 샤프로 살짝 밑줄도 치며 공부를 하니 이제야 사법 고시를 준비한다는 실감이 난다.

지이잉— 지이잉—

[02—76X—9X8X]

벌써 몇 번째인지, 아직 조선족 보이스피싱이 아직 등장하진 않았지만 스팸전화는 이미 기승을 부리고 있는 탓에, 몇 개 등록도 안 되는 스팸번호는 벌써 꽉 차 있었다.

지이잉— 지이잉—

가뜩이나 더워 죽겠는데… 대충 받고 끊든가 해야지 원.

"여보세요."

—아, 최승민 고객님 핸드폰 맞으신가요?

"예. 그런데요."

—예! 고객님. 저희 H사 월드컵 특별 행사에 응모하셨죠?

상담원의 질문에 친구들과 호프집에서 술 먹고 나온 날, 재미로 다 같이 응모했었던 일이 떠올랐다.

"아, 예. 맞아요."

# 2장

# 사법 고시 준비

—최승민 고객님, 먼저 월드컵 특별 행사 1등에 당첨되신 것을 축하드립니다.

"1등이요?"

TV 광고에 나오던 걸 응모했던 거라 기억이 가물가물하네. 월드컵 예상 진출 라운드를 맞추는 거였나?

—예, 이미 알고 계시겠지만, 저희 회사에서 주관한 월드컵 특별 경품 행사 1등 상품은 신형 아방T이구요.

설마, 승용차 아방T?

"예? 아방T요?"

—예, 무슨 문제 있으신가요?

"아니요. 이런 건 처음이라 실감이 안 나서요."

—아, 그러셨나요? 그러면 계속 설명드리겠습니다. 상품 수령은 직접 받으러 오셔야 해요. 그리고 22%의 제세공과금은 직접 납부하셔야 하시구요. 그럼 경품에 대해서 다른 궁금한 점 있으신가요?

"아, 이거 아버지께서 받으셔도 상관이 없나요?"

—예, 고객님. 양도 가능하세요.

"그럼 일단 부모님께 연락을 드려봐야 될 것 같은데, 혹시 제가 연락을 할 수 있는 번호 하나만 알려주실 수 있나요?"

—예, 고객님. 잠시만요.

번호를 알려준 상담원과 통화를 마치고 나니 얼떨떨하기만 하다.

허……. 로또 3등도 당첨된 적 없던 내가 장난으로 응모한 경품으로 자동차를 받게 되다니. 참 나, 이젠 살다 살다 정말 별일을 다 겪는구만.

"후, 그것보다 일단 어머니께 전화를 드려야지."

띠리리— 띠리리—

—여보세요?

막상 자동차를 받았다고 어머니께 말씀을 드리려니 가슴이 쿵쾅거린다.

"엄마. 저예요, 승민이."

—응. 그래 아들. 왜? 필요한 거라도 있어?

"아뇨, 그게… 제가 경품에 당첨이 됐는데……."

—경품? 니가 갑자기 무슨 경품을 받아?

아휴, 어머니도 참. 지금 말씀드리려 하는구만…….

"아, 그냥 TV에서 광고가 나오기에 심심해서 해봤는데 1등에 당첨돼서 승용차를 받게 됐어요."

—뭐!? 승용차~?

"예, 근데 제세공과금인가 뭔가를 내야 된다고 하더라고요."

—니가 돈이 어딨어?

돈이야 있긴 하지만 어린놈이 몰고 다녀봐야, 부모 등골이나 빨아먹는다고 욕이나 먹을 거, 맨날 낡은 트럭만 운전하시는 아버지께 드리는 게 나을 것 같아서 그렇죠.

"그래서 아직 학생인데 벌써 차를 타기엔 조금 이른 것 같아서 상담원한테 물어보니까, 아버지께서 받으셔도 된다고 하더라고요."

—그래? 차 종류는 모르고?

아휴, 돈을 내야 한다고 할 땐, 전화를 끊을 것처럼 쌀쌀 맞게 말씀하시더니.

"아방T라고 요번에 나온 신형이라고 하던데 좋은 거예요?"

—으응……. 아방T라고? 엄마도 잘 모르겠네. 그래도 신형

이라니까 뭐, 탈 만하려나?

능청을 떠실 때 나오는 어머니 특유의 말투를 들으니, 아버지께서 반대를 하신다고 해도 차는 집으로 갈 것 같다.

—승민아, 그래서 어떻게 받으면 되는 거니?

“예, 번호 알려드릴 테니까 상담원이랑 이야기하시면 되요.”

후, 그래도 경품 덕에 과거 아버지께 해드리지 못한 효도를 조금이나마 할 수 있게 된 건가.

“흠……. 제세공과금까지 내드리고 싶은데 무슨 방법이 없으려나?”

한참을 책상에 앉아 곰곰이 생각하다 내 장학금으로 제세공과금을 낼 어머니의 모습이 떠올라 웃음이 터졌다.

하긴 그러고도 남으실 분이지.

“흐아암, 피곤하네. 근데 누구랑 통화했냐?”

“아, 엄마.”

자식이, 샤워를 했으면 물기나 제대로 닦고 나올 것이지…….

“왜? 용돈 달라고?”

“아니, 그냥 뭐 필요한 거 없냐고 전화하셔서 됐다고 했어.”

“흐음… 그래?”

흥미를 잃은 얼굴로 옷장에서 옷을 꺼내던 녀석이 내가 다시 책을 펴는 걸 보더니 한마디 한다.

"징하다 진짜. 방학인데 제발 좀 쉬면서 해라. 아직 학원 개강도 안 했다면서 뭐 그리 열심이냐?"

"생소한 단어가 많아서 그래, 인마. 미리 읽어 가기라도 해야 들어오는 게 있지. 너야말로 피곤하다는 놈이 잠이나 자빠져 자지 또 어딜 나가?"

"아, 놓칠 수 없는 비즈니스가 있어서 말이야."

지랄하고 자빠졌네. 비즈니스는 무슨…….

"무슨 비즈니스냐고 왜 안 물어봐?"

안 궁금하니까, 등신아.

"무슨 비즈니스신데요?"

"니 말대로 과외나 한번 해보려고."

"진짜? 몇 십 받느니 안 한다더니?"

"그게 사실은 그냥 과외 말고, 한 달 특수반."

…이 개또 새끼. 또 무슨 짓을 벌이려고 이러는지.

"특수반은 또 뭐야?"

"으응. 아직 물색 중인데, 잘되면 너도 껴줄게."

이놈은 내가 사시 준비한다는 걸 똥구녕으로 들었나.

"뭔지 모르겠지만 괜히 감방 가면 법학과라고 하지 말고 자퇴했다 그래."

"뭐, 합법적인 건 아니지만 잘하면, 법조계 자제분도 받게 될 테니 걸고 넘어가진 못하겠지."

한 달… 특수반… 설마?

"너 혹시 애들 여러 명 모아 놓고 고액과외하려고 그러냐?"

"오! 어떻게 알았냐?"

"너야말로 어떻게 그런 생각을 하셨냐?"

게임만 하는 놈 머리에서 그런 생각이 나왔을 리는 없고, 누군가 S대 법학과 차석 간판을 쓰려는 거 같은데?

"아, 서민후 알지? 엊그제 같이 술 마시는데, 걔가 전에 물리학과 선배 말 듣고, 우린 이런 식으로 한번 해보면 어떠냐고 해서 동아리 애들 몇 놈이랑 같이 하기로 했지롱."

"웬만하면 하지 마라."

"왜? 잘되면 한 달에 나눠도 500 이상은 남을 거 같은데."

"다른 애들은 무슨 관데?"

"경영학과 애도 하나 있고, 정치외교학과랑 나랑 민후, 거기에 너까지 끼면 딱이지."

서민후란 놈, 하는 짓을 보면 광현이를 단순히 간판으로 쓰는 게 아니라, 한몫 제대로 잡겠다는 거 같은데……. 대체 뭐야?

"난 빼줘라. 관심 없다."

"왜? 이런 기회 흔치 않다?"

"됐다고, 임마."

"흐음……. 할 거면서 괜히 빼기는! 일단 비즈니스 갔다 와서 이야기 좀 해보자고."

기대하라는 광현의 눈빛을 보니 왠지 불안해진다.

*　　　*　　　*

"후… 왜?"

나갔으면 비즈니스인가 뭔가를 하든가 술이나 처먹지 왜 전화질이야…….

―왜 이렇게 늦게 받아?

그 정도 안 받았으면 나 같으면 포기했다, 자식아…….

"공부하는데 방해되기에 침대에 던져놔서 못 봤어."

―그래? 어쨌든 공부하느라 지쳤을 텐데, 머리나 식힐 겸 후문 근처에 소맥스쿨로 와.

"비즈니스하러 간다더니, 또 술이냐?"

―야. 이게 다 비즈니스의 연장이야.

응?

"너 동아리 사람들이랑 같이 있냐?"

―어. 안 그래도 내가 너 좀 껴달라고 애들한테 이빨 좀 털었으니까, 얼렁 와.

이게 진짜……. 흠.

"혹시 서민후도 있어?"

—헤헤… 천하의 최승민도 궁금하신 게 있나 봐?

"대답이나 해."

—있어. 안 그래도 민후도 너 궁금해하니까 후딱 오세요?

뭐하는 놈인가 궁금하기도 하고, 광현이 이놈이 괜히 엉뚱한 자식한테 홀랑 넘어가는 걸지도 모르니 가봐야겠지.

"요! 승민아 여기야. 여기!"

들어가자마자 주변 사람들은 생각도 안 하고 소리를 지르며, 손을 흔드는 광현의 모습에 머리가 아파온다.

"승민아, 일루 앉아."

사람들의 따가운 시선을 느끼며 광현이 비켜준 자리에 앉자, 앞에 앉아 있던 한 놈이 어색하게 인사를 건넨다.

"만나서 반갑다. 광현이랑 기숙사에 같이 산다는 동기 맞지?"

"어, 맞아. 나도 만나서 반갑다. 근데 니가 민후야?"

입학식장에서 자세히 보지 못했지만, 잘생겼다는 광현의 말과 달리, 평범하게 생긴 녀석을 보며 의아한 눈으로 묻자 그가 아닌지 손사래를 친다.

"아니야. 민후는 잠시 볼일 있다고 조금 이따 온다고 했어. 나는 김영덕이라고 해. 과는 경영학과야."

"아, 그래. 미안하다. 걔랑 같이 있단 소리를 듣고 나와서. 아무튼 난 최승민. 과는 이미 알고 있겠지만, 이 녀석이랑 같은 법학과. 앞으로 잘 부탁한다."

말을 하며 광현이 녀석에게 이게 뭐냔 눈빛을 보내자, 기다려 보란 듯 소주를 따라주며 어깨를 두드린다.

"에이, 일단 마셔. 응?"

"그려. 영덕아 너도 같이 한잔하자."

"어, 그래. 역시 광현이 친구라 그런지 밝은 것 같네."

…이 친구 초면에 예의가 없구만.

"그거 봐. 내가 만나보면 승민이 마음에 들 거라고 했잖아."

"박광현. 쓸데없는 말하지 말고 마시기나 하자."

그렇게 광현과 영덕이란 놈과 술을 마시며 기다려 봤지만, 서민후는 올 기미가 안 보였고, 녀석이 어떤 놈인지만 보고 가려고 맞춰둔 알람 시간만 다가오고 있었다.

"야, 왜 자꾸 핸드폰을 들여다봐?"

"몰라. 진동으로 해놨는데 자꾸 울리는 것 같아서 그래."

"하긴, 나도 가끔 그런 느낌 들더라."

몇 잔 마시지도 않았는데 벌써 얼굴이 벌건 영덕이 맞장구를 쳐왔다.

"영덕이 너도 그래? 나만 그런 게 아니었나 보네."

"거의 다 한 번씩 그런 경험하지 않나."

"그런가? 아, 귀찮네. 그냥 벨소리로 바꿔야겠다."

벨소리로 바꾸는 척 알람 시간을 바꾸고 있을 때였다.

"야! 서민후. 왜 이렇게 늦었어!"

서민후?

"미안. 생각보다 늦었네. 그래도 적당한 가격에 방은 구한 것 같아."

"그래? 다행이네. 그런 건 나중에 이야기하고 일단, 이쪽이 내가 말했던 최승민. 승민아, 너도 인사해. 얘가 서민후야."

"아, 그래? 광현이 니가 그렇게 칭찬을 하던 기숙사 동기를 드디어 보게 되는 건가. 반갑다, 야."

"나야말로 반갑다."

광현의 말대로 훤칠한 키에 잘생긴 녀석이었지만, 웃으며 악수를 청하는 것과는 정반대로, 공허해 보이는 그의 눈을 본 순간 온몸에 소름이 돋았다.

뭐야? 저건…….

그런 시선을 느꼈는지 날카롭게 나를 노려보던 그가, 말없이 영덕의 옆에 비어 있는 자리에 앉았다.

왜 아무도 이상하단 걸 느끼지 못하는 거야?

혹시 내가 착각을 한 것은 아닌가 하는 마음에 자연스럽게 둘과 이야기하는 서민후를 봤지만 역시나 잘못 본 것이 아니었다.

저 눈빛을 다시 보게 될 줄은 꿈에도 몰랐다.

그것도 S대를 전체 수석으로 합격한 전도유망한 20대의 청년에게서…….

그의 눈빛을 보고 나니 십여 년 전, 회사 일에 조금 익숙해질 무렵, 박 과장과 함께 강원도 출장을 갔던 일이 떠올랐다.

"야, 최 대리."

"예, 박 과장님. 무슨 시키실 일이라도 있으십니까?"

"아니, 그게 아니라 일도 다 마무리했는데, 강원도에 온 김에 카지노나 들렀다 가자."

"예? 카지노요?"

"뭘 그리 놀래? 설마 안 가봤어?"

"예……. 정선에 있다고만 들어봤지 가본 적은 없습니다."

"아휴, 그래? 그럼 오늘 가보면 되겠네."

별로 내키진 않았지만 까마득한 상사인 박 과장의 말을 거역할 수 없었고, 그렇게 강원도 정선으로 차를 몰아야 했다.

"에이, 씨부랄. 죄다 꼴았네. 넌 좀 땄냐?"

"아뇨. 과장님께서 그러신데 처음 와본 제가 땄으려구요……."

"하긴 그렇겠지. 그래도 와보니 좋지? 왠지 뭔가 있어 보이잖냐."

그때였을 것이다. 내가 고개를 끄덕이는 모습을 보고, 너털웃음을 터뜨리던 박 과장이 카지노를 나서다 누군가와 부딪혔던 것은.

지금 다시 기억을 다시 떠올려 봐도 상대방이 고의로 부딪쳤던 게 분명했다.

어쨌든 당시 난 선임에게 잘 보이고 싶던 신입시절이었기에 상대에게 따지기 위해 서둘러 몸을 움직였었다.

"야, 최 대리 됐어. 별거 아니니까 그냥 가."

"예? 과장님, 그래도 미안하단 말 한마디 없는데 이대로 가는 건……."

평소 불같은 성격으로 악명이 자자했던 박 과장의 입에서 나온 예상치 못한 말에 그를 쳐다보자, 박 과장은 뭔가 찜찜하단 얼굴로 내게 됐다는 손짓을 했다.

"어허, 가자니까."

분명 저쪽에서 먼저 시비를 걸었건만, 오히려 그에게 미안하다는 제스처까지 한 박 과장은 참으란 눈빛으로 내 등을 밀었었고…….

그러고 나서 그와 한참을 걸었었던가……?

오래전 일이라 그런지 기억이 가물가물하다.

아, 그래.

그와 함께 계단을 내려가다 카지노를 조금 벗어났을 때, 박 과장에게 물어봤었다.

"왜 말리셨습니까? 분명 저쪽에서 일부러 밀친 것 같았는데요?"

"알아. 부딪힌 놈이 그걸 모를까 봐? 그냥 넘어가는 게 나을 것 같으니까 그런 거야, 인마."

대체 무슨 말인지 모르겠단 눈으로 그를 바라보자, 그런 날 아직 어리다는 듯 쳐다보던 박 과장이 한쪽 입꼬리를 올리며 말했다.

"야, 너 혹시 세상에서 가장 무서운 인간이 누군지 아냐?"

"갑자기 그건 왜 물어보십니까?"

"대답이나 해봐."

살인자? 아니면 권력가? 부호?

아무리 생각해 봐도 결국 딱히 '이거다' 하고 떠오르는 것은 없었다.

"글쎄요, 솔직히 잘 모르겠습니다."

만약 이때 그가 내게 해준 말을 듣지 못했다면, 그게 뭔지 평생 알지 못했을지도 모르겠다.

"저기 보이냐?"

박 과장은 카지노 정문 옆에 모여 있는 사람들을 슬쩍 눈으로 가리켰다.

그곳엔 도박을 위해 자신이 타고 온 차를 팔려는 사람들도 보였고, 이미 모든 것을 잃은 듯 망연자실한 이들도 있었다.

"예, 근데 저 사람들이 과장님 말씀이랑 무슨 관련이 있습니까?"

"저치들이라고, 내가 말한 세상에서 가장 무서운 인간이란 게."

이 당시 박 과장의 황당한 말을 들었을 때만 해도, 이 인간이 괜히 회사에선 강한 척하더니 부하 앞에서 망신당할까 이러는 건가 했었는데…….

"예!? 에이. 과장님도 참, 도박으로 돈 잃고 패가망신한 사람들이 뭐가 무섭습니까? 당장 내일은 또 어떻게 살지 걱정하기 바쁠 텐데요?"

"그러니까 무섭지. 잃을 게 하나도 없으니 무슨 짓을 할지 모르거든. 아까 그 새끼가 우리 쳐다보는 거 봐라."

소름이 끼친다는 듯 몸서리를 치는 박 과장의 시선이 머문 곳으로 고개를 돌렸을 때, 생기 없는 눈동자와 마주쳤었다.

"최 대리. 그만 보고 가자. 그러다 진짜 일 난다."

그렇게 난 박 과장이 말을 걸 때까지 온몸에 벌레가 기어 다니는 느낌을 받으면서도, 나도 모르게 한참 동안 놈의 기이한 눈을 바라보고 있었었다.

"예? 예……."

그리고 정신을 차리고 박 과장과 함께 떠나려는 그때, 놈이 아쉽다는 듯 품 안의 무언가를 만지작거렸고, 난 박 과장이 했던 말이 무슨 뜻인지 이해할 수 있었다.

"이젠 좀 알겠냐. 아까 내가 왜 그랬는지?"

"예……. 섬뜩하네요. 눈이 죽었다는 게 저런 거군요."

"그래, 너도 그 새끼 눈깔 돈 거 봤지? 사실 저렇게 이미 인생 끝난 놈들이 사람 하나 죽이는 게 대수겠냐? 더한 미친 짓도 할 놈들이야. 괜히 시비 붙어봐야 손해니까, 혹시 나중에 그런 놈이랑 부딪히면 너도 그냥 모르는 척 넘어가."

다신 볼 일 없을 거라고 생각했었던 일이 일어나니 '그냥 모른 척 넘어가'라던 박 과장의 말만 계속 뇌리에서 맴돌았다.

그러나 한편으론 서민후는 카지노에서 봤던 그런 인생낙오자도 아니었고, 지금도 광현들과 즐겁게 떠들며 분위기를 주도하는 그를 보면, 내가 과거의 일로 너무 과민반응을 하는 것일지도 모른다는 생각이 들었다.

후, 별수 있나. 내키진 않지만 광현이 녀석을 생각해서라도 좀 더 알아보는 수밖에.

"근데, 민후 넌 어디 사냐?"

다시 봐도 여전히 생기 없는 저 눈만은 적응이 안 된다.

"아, 나? 기숙사 안 들어간 거 보면 모르냐? 당연히 서울 살지."

소시지 볶음을 집던 녀석은 마치 거짓말을 하다 들킨 아이처럼 말을 흐렸다.

"흐음. 하긴, 그렇긴 하네."

"니가 나한테 무슨 말을 할지 맞춰볼까?"

뭔가 더 물어보려고 하자 녀석이 선수를 쳐왔다.

"그거 재밌겠는데. 내가 뭐라고 할 것 같은데."

"서양사학과는 왜 들어간 거냐는 질문 아니야?"

너무 뻔한 질문이었나.

"잘 아네."

"사실 처음 만난 사람들마다 하나같이 그것만 물어봐서 이젠 좀 지겨웠거든. 근데 사실 별거 없어. 그냥 돈 좀 벌어 보려고 들어간 거니까."

"뭐?"

"흐하하. 뭘 그리 놀래?"

제발 웃지 좀 마라. 젠장……. 흐리멍덩한 눈으로 웃고 있으니 호러물을 보는 느낌이다.

"아니야, 의외라서. 신경 쓰지 말고 계속 말해."

"그냥 옛날에 돈 많이 벌던 놈들은 어떻게 그리 되었나 궁금하더라고. 세상이 다 그렇잖아. 정치도 그렇고, 옛날이나 지금이나 옷만 다르게 입었지 파벌 나눠서 싸우는 거 보면 별로 차이도 없잖아? 그래서 돈도 그럴 것 같아서 들어갔지."

고작 그것 때문에 졸업을 하면 돈을 많이 벌 수 있는 과를 놔두고 사학과에 들어갔다고?

놈을 보니 마치 역사에 나오는 방법 중 돈만 벌수 있다면 어떤 일이라도 할 것 같은 느낌이 들었다.

"상식적으로 그건 조금……."

"야, 민후야. 그러니까 승민이도 같이하자니까. 그게 훨~씬 돈 많이 벌 거 아냐?"

광현이 눈치 없이 끼어들자 녀석은 더 이상 묻지 말라는 듯 말을 돌렸다.

"야. 그런 건 우선 본인한테 물어봐야지. 승민아, 광현이 말대로 같이할래?"

"아니. 지금 과외하는 것도 머리 아픈데 됐다."

"그래? 아쉽게 됐네. 어쨌든 이렇게 만난 것도 인연인데 짠이나 합세."

"좋지. 만나서 반갑다."

인연? 웃기고 있네. 이 자리가 마지막이길 바라는 얼굴로 무슨…….

겉과 속이 완전히 다른 놈과 인연을 맺고 싶은 마음은 추호도 없다, 자식아.

* * *

"후……."

아무리 생각해 봐도 서민후 놈을 실제로 보니, 광현과 영덕을 친구로 보는 게 아니라 그저 이용할 수 있는 도구로 보고 있는 것 같은데…….

거기다 젊은 녀석이 벌써 인생이 끝난 것 같은 눈을 하고 있는 것도 꺼림칙했다.

어차피 나야 이제 마주칠 일은 없을 테니 상관이 없지만 놈과 친해 보이던 광현이 문제였다.

"으하아아~ 아, 죽겄네……. 승민아, 물 좀."

어디서 그딴 놈을 친구라고 소개를 시켜줘 놓고 물은…….

"일어나서 떠먹어. 자식아."

"야……. 난 니가 떠 달라면 당장 달려갔어!"

"헛소리 그만하고 10초 안에 안 일어나면 혼자 나간다."

"어디 가는데? 설마 뭐 사주게?"

"오냐. 오랜만에 형이 한턱 쏘마."

"옙, 형님. 아우가 금방 준비하겠습니다~"

살다 살다 해장으로 피자를 먹는 놈은 내 평생 처음 봤다.

"맛있냐……?"

"어, 역시 해장엔 콤비네이션이지!"

하… 2학기엔 기숙사 방도 바뀔 테고 사법 고시까지 준비하면 이런 대화를 나눌 시간도 없겠지.

"야, 그 서민후 말이야."

"응. 왜? 너도 어제 만나보니 괜찮냐?"

기대를 하는 녀석에겐 미안하지만 서민후 그 자식은 어울릴 만한 놈이 아니다.

"후……. 솔직히 말할게. 좋은 놈은 아닌 것 같다."

녀석이 굳은 얼굴로 먹던 피자를 내려놓았다.

"왜?"

눈빛이 어떻다느니, 가식적이란 말을 해봤자 어제 한 번 본 사이에 광현이 할 말은 뻔했다.

그럴 바엔 정공법으로 나가야겠지.

"생각해 봐라, 너 법대생이야. 그런 거 하다 걸리면 벌금 맞을 텐데 사법 고시 어떻게 할라 그래?"

"어차피 고시는 벌금 좀 맞아도 볼 수 있잖아?"

"면접은? 기록은 다 남을 텐데 면접관이 깐깐하면 결국 남들보다 하나 뒤처지는 거잖아. 가뜩이나 붙기 힘든 시험인데, 대규모로 그런 짓하면 걸릴 가능성이 높은 건 당연한 거 아냐? 친구란 놈이 그런 걸 같이하자고 하는 건 좀 아니라고 봐."

"에이, 너무 오버한다. 민후가 알고 그랬으려고 몰랐으니까 그런 거지."

그런 사소한 걸로 인생 망친 놈 많이 봤다.

"진지하게 좀 생각해. 그런 놈이랑 어울리다 괜히 이런 일로 발목 잡히지 말고. 적당히 선을 두지 그래?"

"알았어. 안 할게, 안 하면 되잖냐. 인상 좀 그만 쓰고 피자나 좀 먹어."

과외보단 민후 녀석이랑 가까이하지 말라고 하는 말이잖냐.

광현의 말에 걱정이 됐지만 한창 친하게 지내던 사이니 지금 더 말해봐야 역효과만 날 것 같았다.

"그래. 그냥 친하게 지내는 건 좋은데, 엉뚱한 일에 휘말리지나 마라."

광현이 고개를 끄덕이곤 있지만 서민후 자식의 눈빛이 떠올라 왠지 불안해진다.

"대답 안 해?"

"알았다고! 최승민 이 미친놈아……. 진짜 오늘따라 왜이래?"

* * *

—그럼 니 말대로 이번 주 일요일에 먹는 거다?

"응, 알았어. 그렇게 하자."

오늘부터 개강인 학원 때문에 이리저리 바쁘다 보니 예슬이 가족과 식사하기로 했던 일조차 까먹고 말았다.

이렇게 그녀가 전화를 안 해줬으면 아마 이번 주말 과외 때 된통 깨지고 있었을지도 모르겠다.

—근데 목소리가 왜 그래? 별로 안 내켜? 엄마한테 내가 말할까?

"아니야. 핸드폰을 어깨에 끼고 통화해서 그래. 학원 가야 해서 가방 챙기고 있는 중이거든."

—그래? 그럼 끊어야겠네. 공부 열심히 하고 주말에 봐.

"어. 주말에 보자."

예슬과의 통화를 마치고 바로 출발한 덕에 간신히 앞자리에 앉을 수 있었다.

순식간에 앞자리가 차는 걸 보면, 사실 둘 다 비싼 돈 내고 듣는 건데 대학 강의와 너무 차이가 나는 건 아닌지 모르겠다.

"이렇게 수강 신청을 해준 수험생 여러분들 모두 반갑습니다. 저는 7월 8일인 오늘부터 개강한 종합 오전반인 A반에서 여러분께 헌법을 가르치게 된 윤석민이라고 합니다. 기본적으로 사시를 준비하는 학생들이다 보니까 몇몇은 작년에도 봤던 분들이고 저 또한 다들 안다고 생각해서 넘어가고 싶지만, 그래도 혹시나 처음인 분들을 위해서 헌법이 무엇인지에 대해서 간단하게 설명을 해드리겠습니다."

수업을 위해 교실로 들어와 인사를 한 강사님께서 칠판에 뭔가를 적기 시작했다.

"헌법이 무엇이냐? 간단히 말하면 국가의 기본 법칙을 뜻합니다. 즉, 한 국가의 최고 규범이라고 볼 수 있죠. 가령 헌법에 위반이 되는 법이 있다고 가정해 보죠. 자 앞에 남학생 어떨 것 같아요?"

질문을 받은 옆자리의 학생이 바로 입을 뗐다.

"위헌이니 폐지됩니다."

"그래요. 이렇게 법이 헌법을 위배하면 결국 위헌으로 법률이 사라집니다. 다른 법 과목 강의를 들을 때도 연관이 되는 이야기니 모두 집중해서 들어주세요. 그럼 강의를 시작해 볼까요? 우선 여러분이 배우게 될 헌법은 기본적으로 헌법총론, 기본권, 통치 구조 이 세 파트로 구분됩니다. 그럼, 순서대로 총론부터……."

그렇게 열정적으로 강의를 하던 강사님께서 분필을 내려놓으며 말씀하셨다.

"…그리고 여담이지만, 모든 법 과목에서 가장 중요한 건 판례와 조문이라고 해도 과언은 아니에요. 특히 조문은 거의 문장의 일부분만 살짝 바꿔서 나오기 때문에 꼼꼼히 읽으면서 확인하도록 하세요. 자, 머리도 식힐 겸 그럼 잠시 10분 정도 쉬었다 할까요."

휴식 시간 동안 빠르게 진행되는 강의 탓에 밑줄 대신 체크 표시를 했던 부분 중 혹시나 잘못 표시를 한 부분이 없는지 확인을 하고 있었다.

"저기요."

"예? 왜 그러시죠?"

거의 30대가 되어 보이는 남자의 모습에 올 것이 왔음을 직감했다.

"첫날부터 너무 열심히 하시는 거 같은데 혹시, 사법 고시 준비 처음이세요?"

광현이 말했던 신림동 귀신이 신입의 풋내라도 맡은 듯 말을 걸어왔다.

"예, 그런데요."

"어쩐지, 잘 안 나오는 부분인데 열심히 하는 것 같아서요."

"그랬나요? 뭐, 처음이니 어쩔 수 없죠."

관심을 꺼달란 뜻으로 퉁명스럽게 말을 건넸지만 귀신이 넉살 좋게 웃어넘긴다.

"윤 강사님 강의 속도가 조금 빨라서 밑줄 칠 시간도 없죠? 아마 익숙해질 때까진 좀 애먹으실 거예요. 음, 지금 그건 시험에 나온 적이 없는 부분이니까 체크 안 하셔도 되요."

"아, 예."

계속 말을 거는 그에겐 신경도 쓰지 않은 채 교과서에서 눈을 떼지 않자, 그제야 귀신이 흥미를 잃은 듯 또 다른 목표를 찾아 나섰다.

직접 귀신을 만나 보니 광현에게 미리 말을 듣지 않았다면 아마 금방 혹해서 넘어가고 말았을 것 같다.

지금 귀신과 대화를 하는 저 남자처럼…….

그렇게 귀신이 남자에게 헌법은 이런 식으로 공부를 해야 한다고 일장연설을 하고 있을 때, 강의를 위해 교실로 들어서던 강사님께서 한두 번 보는 장면이 아닌 듯 못마땅한 얼굴로 혀를 찼다.

"자, 다들 자리에 앉으세요. 아까 헌법의 특질까지 강의를 했었죠? 이어서 헌법의 해석에 대한 강의를 하려고 했지만, 앞으로의 강의 방향을 잡으려면 여러분의 평균 실력을 알아보는 게 우선일 것 같아서 지금부터 헌법, 전 범위 시험을 보도록 하겠습니다."

갑작스럽게 치러지는 시험에 웅성거리는 학생들을 보던 강사님께서 머쓱한 듯 어색하게 웃으며 말을 이었다.

"뭐, 3등에게까진 별것 아니지만 헌법 문제집을 드릴 테니, 강의를 여러 번 들으신 분들은 불만이 있으시겠지만 처음인 학생들도 있으니 이해를 좀 해주세요."

양해를 구하며 시험지를 배부해 주신 강사님께서 교실에 걸린 시계를 보셨다.

"자, 시험 시간은 사법 고시 1차와 마찬가지로 70분입니다. 그럼 지금부터 시작해 주세요."

뒤집어 놓았던 시험지를 돌리며 문제를 확인했지만 이제야 첫 강의를 듣는데 아는 게 있을 리 만무했다.

그런 나와 달리 이젠 1차는 공부를 안 하고도 합격할 수 있다고 호언장담을 하던 귀신을 포함한 대부분의 학생은 분주히 문제를 풀어 나갔다.

뭐, 언제나 앞서가는 사람들이 있게 마련이니 당연한 건가.

지금은 총 40문제를 70분에 풀어야 된다는 것과 대충 어떤 식으로 문제가 나올지 파악하는 것으로 만족해야 할 것 같다.

"자, 시험 종료. 뒤에서 답안지 좀 걷어주세요."

그저 문제의 지문들을 쭉 읽어 내려가기만 했을 뿐인데, 벌써 70분이 지난 건가…….

오지선다의 지문 길이마저도 상당한 터라 아무래도 난도가 있는 문제가 아닌 것들은 확실히 답을 찍고, 탁탁 내려가지 않으면 답을 알고도 시간이 부족해 풀지 못할 것 같았다. 이거… 혼자 문제를 풀 때도 시간 체크를 해야겠구만.

"다들 첫날부터 시험 보느라 고생하셨고요. 다음 강의 때 보도록 합시다."

시험을 끝으로 학원 첫 강의가 끝이 났다.

다음 강의를 위해 가방을 챙기는데, 아까 귀신과 대화를 나누던 남자와 귀신이 어느새 친해진 듯 함께 교실을 나서는 모습이 보였다.

에이… 됐다. 남의 일에 끼어서 좋은 꼴 못 본다.

그가 귀신의 마수에 걸리지 않길 바라며, 서둘러 다음 강의인 형법을 듣기 위해 교실을 나섰다.

*　　*　　*

대체 이게 무슨 일인지…….

"음. 일단 양념갈비 4인분만 주세요."

전에 한 번 뵙긴 했지만 상황이 상황인지라, 스치듯 인사만 했던 예슬이 아버지께서 종업원에게 주문한 뒤 말씀하셨다.

"승민아, 이따 먹다가 부족하면 부담 갖지 말고 말해. 아저씨가 더 시켜줄게. 응?"

내가 딸들이 데리고 온 친구 놈들에게 그랬던 것처럼 예슬이 앞에서 쿨한 척 말씀하시는 것과 달리, 혹시나 그녀에게 해가 되는 놈은 아닌지 탐색하는 그의 눈빛이 부담스럽기만 하다.

"아, 예. 감사합니다."

"그래, 승민아. 예슬이 가르치느라 고생도 많은데 많이 먹어."

예슬이 어머니께서 말씀을 하시며 종업원이 불판에 올려놓은 갈비를 가리켰다.

"치… 그럼 나는? 나도 공부하느라 힘든데."

"알았어. 너도 많이 먹어."

어머니의 말씀에 괜히 민망해하며 예슬이 투정을 부린다.

그 모습에 살짝 미소를 짓다 예슬이 아버지와 눈이 마주쳤다.

애인도 아니고 이미 3년은 넘게 알아온 고등학교 동창이 딸을 보고 웃는 것을 못마땅해하시는 아버님을 보니, 과거 인터넷에서 봤던 아빠가 보는 딸의 남자친구란 유머 글이 생각난다.

공부를 잘하면 성격이 옹졸하고 대인 관계가 협소한 놈, 운동을 잘하면 뇌까지 근육일 게 뻔한 무식한 놈, 둘 다 잘하면? 장래 소시오패스 예정자였던가…….

하긴 뭐 별수 있나. 부모란 다 그런 거지.

"뭐해? 고기 안 먹고?"

상추에 고기를 올린 예슬이 궁금한 듯 물어왔다.

"그래, 승민아. 고기 탄다. 어여 먹어. 남자가 입이 짧으면 그것도 보기 싫은 법이야."

"예… 명심하겠습니다."

"이 양반은 이제 고기 익었는데 무슨……. 그러는 당신이나 좀 먹어요."

"아니… 승민이가 불편해하는 거 같아서 긴장 좀 풀어주려고 그러는 거지……."

아버님의 말에 콧방귀를 뀌시는 예슬이 어머니의 모습이 심상치 않아 서둘러 말을 이었다.

"그럼 잘 먹겠습니다."

위기를 넘기고 즐겁게 식사를 하는 사이, 갈비 4인분을 거의 다 먹자 예슬이 아버지께서 고기를 추가하시며 물으셨다.

"근데 승민이 사법 고시 준비하면 예슬이 과외해 줄 시간도 없지 않니? 부담되면 말해도 돼."

"아, 괜찮아요. 이제 수능도 몇 달 안 남았고, 어차피 주말에 2시간 하는 건데요. 뭐."

"그러면 다행이다만……."

전혀 그렇지 않으신 것 같으신데요…….

"아빠 말대로 힘들면 말해. 세나한테 해달라고 부탁하면 되니까."

입술을 삐죽 내민 예슬을 보니, 말을 하라는 건지 말라는 건지 도무지 모르겠다.

"됐다. 그런 걱정 말고 고기나 먹어."

그러고 보니 예슬이에게 과외를 해준 지도 벌써 2달이 지난 건가.

그사이 처음엔 불편하기만 하던 우린 어느새 예전처럼 다시 편한 사이가 되어 있었다.

이게 이 녀석의 장점이겠지.

“오늘 잘 먹었습니다.”

“그래, 승민이가 맛있게 먹었다니 다행이네. 그리고 이거 받아.”

“예? 아니에요, 아줌마. 모르는 사이도 아니고 친구인데 어떻게 돈을 받아요…….”

“그렇게 열심히 가르쳐 주는데, 응? 승민아. 아줌마가 마음이 편치 않아서 그래.”

한참 실랑이를 벌였지만 결국 예슬이 어머니의 고집을 꺾을 수 없었고, 난 과외비를 받을 수밖에 없었다.

그렇게 예슬이 가족과의 식사를 마치고 기숙사로 돌아와 일주일간 배운 것들을 정리하기 위해 헌법 문제집을 폈다.

한참 복습을 하다 헌법 강사님께서 강의 쉬는 시간에 ‘올해 대선이 있어서 문제 출제자들도 그쪽에 관심이 많을 테니, 내년엔 통치 구조 쪽에서 시험이 많이 나올지도 모르겠네요’라고 하셨던 것이 떠올랐다.

대선이라……. 벌써 5개월 정도 남은 건가? 어디 보자, 이번이 15대니까 16대. 노 대통령이구만.

이 양반 때도 참 말이 많았지. 야심차게 수도를 옮긴다고 했던 것도 결국 실패했었고……. 그래도 한참 그쪽 지역 땅값

참 많이 올랐는데…….

이미 머릿속엔 세종시가 그려졌다.

정말 견물생심이라더니. 내가 당해놓고도, 막상 큰돈을 벌 수 있단 생각이 들자 욕심이 생긴다.

하……. 이래서 남이 하면 불륜이고, 내가 하면 로맨스라더니…….

그날 이후, 사법 고시를 준비해야 하건만, 며칠째 머릿속에서 세종시가 떠나질 않았다.

"에이… 씨발."

"왜? 이번엔 진짜 아무 짓도 안 했어!"

밀려오는 짜증 때문인지, 무의식적으로 튀어나온 욕설을 들은 광현이 억울한 표정으로 이쪽을 보고 있다.

"미안. 놀랐냐? 더워서 그런가. 공부가 잘 안 돼서 그런지, 짜증이 좀 나네……."

"그러게. 좀 쉬었다 해라. 어차피 장기간 싸움인데, 초반부터 그렇게 달리면 지친다니까. 그러지 말고, 나가서 공기라도 좀 쐬고 와. 어?"

"그래. 니 말대로 그래야겠다."

"야! 들어오는 길에 아이스크림 좀 사와~"

"어, 그래. 그것보다 저번처럼 사왔더니 방에 없으면 죽는다?"

"걱정 마셔. 이 더위에 어딜 나가."

…이 새낀 진짜 정이 안 간다.

아무튼 기숙사를 나와 대학 교정을 걸으며 고심을 해봤지만, 어차피 누군가는 이득을 보게 되어 있는데, 이런 기회를 놓치는 건 바보라고 생각하고 있는 내 모습을 보니 마음은 이미 기운 것 같다.

"후, 꼴랑 천만 원에다……."

불법적으로 정보를 받은 것도 아니고, 합법적인 건데 뭐 어때?

결국 난 유혹에 지고 말았다.

* * *

"아, 어린 나이에 땅을 사려니 정말 죽을 맛이구만."

무슨 일 때문에 땅을 사느냐로 시작해서 궁금한 게 왜 이리 많은지…….

돈만 아니었으면 진즉에 때려쳤을 거다.

그렇게 기억을 더듬어 어렵사리 충청도 연기군 지역의 시가 평당 2만 원인 땅을 만 원을 더 붙여 평당 3만 원에 400평을 살 수 있었다.

그런데 놀랍게도 노 대통령이 12월에 행정 수도 이전 계획을 발표하기까지는 아직 한참이 남은 터라, 땅을 사려는 사람이 없을 거란 예상을 뒤엎고, 내가 사려던 몇 군데의 땅을 미리 산 인물이 있었다.

그는 다름 아닌 장남수 사건을 같이 겪은 전상용 씨였다.

어떻게 미리 알게 된 건지는 모르겠지만, 드디어 잠룡이 하늘로 오를 준비를 하고 있었다.

상용 씨 덕분에 땅을 사기 위해 발품을 팔아야 했지만, 과거와 달리 인연이 있는 그가 예전과 같이 성공을 하길 바라는 마음이 더 큰 것도 사실이었다.

그나저나 이래서 될 놈은 된다고 하는 건가.

이 당시가 한창 땅값이 요동을 치는 때니, 투자하는 시기도 정말 기가 막히구만.

뭐 부동산에 투자해 실패한 적이 없다던 전상용 씨가 이 근처 땅을 샀으니, 안심하고 이젠 12월에 있을 노 대통령의 발표를 기다리기만 하면 됐다.

한 달이 넘게 걸린 대장정을 끝마치고 후련한 마음으로 기숙사로 돌아오자, 광현이 놈이 어깨가 축 처진 채 말도 없이 이불에 고개를 파묻고 있다.

"아……."

"뭐야? 너 왜 그래. 무슨 일 있어?"

아까 동아리 애들 만난다고 좋아서 뛰쳐나갔던 놈이?

"몰라~ 오늘은 말 걸지 마라~"

"그래, 알았다. 뭔 일인지 모르겠지만, 좀 쉬어."

"푸… 푸… 푸……."

하, 어떻게 말 걸지 말라는 놈이 저리 미친 짓을 할 수가 있는 지…….

"야, 그럴 거면 말해라. 사람 짜증나게 하지 말고……."

"하, 저번 달에 애들이랑 과외하기로 했었잖아. 엄청 벌었나 보더라고."

뭔가 했더니 그거였냐. 하긴 주변 애들이 한몫 챙겼으면 이럴 만도 하지.

"에휴, 나 때문에 못해서 억울하냐?"

"뭐 어쩌겠냐. 친구 잘못 둔 내가 병신이지……."

광현이 녀석이 원망스럽다는 눈으로 이쪽을 노려본다.

"후… 미안하다, 자식아. 사죄의 뜻으로 오늘은 내가 술 살 테니까. 기분 풀고 나가자."

* * *

학원 강의를 들은 지 한 달이 조금 넘은 8월 중순, 학원에선 모의고사를 본다고 알려왔다.

뭐, 여태껏 배워왔던 것을 확인할 수 있는 기회이기도 했지만, 5등까진 장학금을 준다는 메리트 때문인지, 이제 4일 정도 남은 시험을 위해 스터디 그룹을 만드는 적극적인 수강생들도 눈에 띄었다.

"야, 형만 믿어. 니들 다 비싼 돈 내고 강의 듣는데 이 기회에 장학금 받아야지. 안 그래?"

귀신 역시 6명 정도로 늘어난 자신의 추종자들과 스터디 그룹을 만들려는지, 수업이 끝난 교실에서 열변을 토하고 있었다.

"저기요."

"예?"

"이름이 최승민 맞죠?"

말을 건 남자는 기본서에 적어놓은 이름을 곁눈질로 몇 번이나 보고 있었다.

"예, 그렇긴 한데, 왜 그러시죠?"

갑자기 다가온 알지도 못하는 그를 미심쩍은 눈으로 바라보자, 남자는 머리를 긁적이며 소심하게 입을 열었다.

"아… 그게, 혹시 S대 다니는 민지 아세요?"

민지 선배?

"01학번 이민지 선배 말씀하시는 건가요?"

"아, 맞구나. 반가워요. 작년에 휴학한 00학번 강수찬이에요."

"아, 안녕하세요. 그럼 선배님이신데 말씀 놓으세요."

"그래. 그럼 그렇게 할게. 사실 전에 민지랑 통화를 하다가, 니 얘길 듣게 됐거든. 그래서 챙겨줘야지 생각만 하다가 까먹고 있었는데, 모의고사 본다고 하니까 갑자기 생각이 나지 뭐야."

작년에 휴학했으면, 그 역시 정신이 없을 게 뻔했기에 미안해하는 그에게 괜찮다는 말을 건넸다.

"그래, 그렇게 말해주니 고맙네. 여기서 이러지 말고, 다음 강의도 들어야 되니까 가면서 말하자."

"예."

"승민이 그럼 너 1학기 마치고 바로 휴학한 거니?"

"아니요. 휴학은 안 했어요. 1학년은 마치는 게 나을 것 같아서요."

"흐음, 민지 이야기 들어보니까 제대로 하려는 것 같던데, 웬만하면 지금 휴학하는 게 나을 거 같은데?"

"그런가요?"

"아무래도 그게 낫지. 대학교 다니면서 할 수도 있겠지만… 추천하고 싶진 않다. 아직 방학이니까 한번 잘 생각해 봐."

"예, 그럴게요."

"아무튼 그건 니가 선택할 문제고, 작년에도 여기 종합반 들었거든? 근데 기본 강의만 듣는 게 나은 것 같아."

법 과목을 공부하면서 판례가 중요하단 걸 느끼고 있던 터라, 기본 강의만 들으라는 그의 말이 이해가 되지 않았다.

"기본 강의 끝나고, 판례나 이런 것도 한다는데 그런 건 안 들어도 되나요?"

"어차피 기본 강의 때 중요 판례는 어느 정도 해주거든. 판례 강의만 따로 들을 바엔 그냥 기본서에 있는 것들이랑 판례집 같은 거 사서 보는 게 훨씬 나아."

"아… 그래요?"

"응. 나중에 정 안 되겠다 싶으면, 막판에 판례 특강 강의 꼭 해주니까 그거나 한 번 들으면 되고. 괜히 그런 거 들으니까 시간만 잡아먹고, 결국엔 시험 땐 정리도 안 돼서 후회만 되더라."

이것저것 알려주던 수찬 선배가 갑자기 머쓱하게 웃는다.

"뭐, 나도 이제 한 번 봐놓고 이런 말 하긴 좀 그렇긴 하다."

"아니에요. 많이 도움이 되는데요."

"그래? 그럼 다행이네. 그리고 모의고사라고 지금 스터디 만들고 그러잖아. 1차든 2차든 학원에서 스터디 같은 거 절대 하지 마."

진지하게 말을 하는 선배를 보니, 그가 내게 해주고 싶었던 말은 이거였던 것 같다.

어차피 할 마음도 없었지만, 처음 본 날 후배라고 챙겨주는 그에게 고개를 끄덕였다.

"예, 안 그래도 선배들이 이런 데서 인간관계 만들면 결국 손해라고 말씀해 주셔서 저도 그러려고 했어요."

"그래, 잘 생각했어. 그리고 다음에 만났을 때 내가 인사만 하고 지나간다고 서운해하지 말고. 작년에 크게 데여서 그런 거니까."

"예. 선배님이야말로, 제가 그런다고 뭐라고 하시면 안 됩니다?"

"직접 만나보니까 민지가 왜 널 아끼는지 알 것 같다."

웃으며 내 어깨를 두드려 준 수찬 선배는 따로 앉으려는 듯, 멀찍이 떨어진 자리로 향했다.

4일 후, 학원에선 예정대로 모의고사를 치렀다.

시험이 끝나고 수찬 선배와 함께 가채점을 해본 결과, 민법을 제외하곤 실제 사시 1차 합격선인 80점대를 조금 넘게 받아서 나쁘지 않은 편이었다.

"흠. 처음 공부한 것치곤 괜찮게 나왔는데?"

"그래요?"

"어. 판례랑 조문이랑 헷갈렸을 텐데 잘했어."

선배도 비슷하게 느꼈는지 칭찬을 해줬지만, 사실 잘 본 과목보다는 예상했던 것보다 성적이 안 나온 민법이 걱정된다.

"아, 근데 민법은 어떻게 해야 할지 모르겠어요."

"그건 어쩔 수 없어. 원래 양이 많으니까, 강사가 안 나온다고 하는 부분은 넘어가는 식으로 줄여 나가야지. 아직 시간 여유 있으니까, 너무 조급해하지 마. 괜히 페이스 잃으면 큰일 난다."

"예, 그래야죠."

그나저나 방학 동안 그렇게 열심히 공부한 게 이 정도면 수찬 선배의 말대로 휴학을 하는 것이 나을 것 같았다.

괜히 어중간하게 해서 사시와 학업, 둘 다 놓치느니 차라리 2월 전까지 기본 3법을 철저하게 판 후, 내년부턴 나머지 4과목을 집중적으로 공부하면서, 2차까지 확실하게 준비하는 게 맞겠지.

그렇게 결심을 한 대로 방학이 끝나기 전, 휴학을 하고 야심차게 고시원에 들어간 게 엊그제 같은데, 9월 말에 있던 마지막 민법 강의를 끝으로 학원 강의가 모두 끝이 났다.

이젠 혼자만의 외로운 싸움을 시작해야 했다.

그러나 고시원에서 아침 6시에 일어나, 밤 12시까지 매일 공부를 하는 것이 쉬운 일은 아니었다.

학원에서야 강의를 듣고 있기만 해도 됐지만, 하루 종일 자리에 앉아 쉼 없이 기본서를 읽고 문제집을 풀고, 다시 틀린 부분을 찾아 기본서에 표시를 하는 것을 2주 정도 반복하자 점점 지쳐갔다.

그사이 바뀐 것은 책상에 헌법 대신 형법이 놓여 있다는 점이랄까.

방이라도 넓었으면 조금 나았을지도 모르겠다.

가뜩이나 침대에서 몸도 제대로 못 펴고 있는데, 옆방 사람이 침대에서 뒤척이는 소리까지 들려 오는 통에 잠도 제대로 잘 수가 없으니 원…….

시험이고 나발이고, 정말 이 개떡 같은 공간을 떠나고 싶은 마음만 굴뚝같다.

지이잉— 지이잉—

현성이 이놈이 웬일로 전화를 다했어.

—여보세요.

"어, 현성아. 미안한데 내가 다시 전화할게."

조용히 한마디를 말했는데도, 옆방에서 곧바로 헛기침 소리가 들려온다.

이제는 노이로제에 걸릴 것 같은 헛기침 소리에 서둘러 방을 나와 휴게실로 향했다.

"여보세요."

—근데 너 이 시간에 쉰다고 하지 않았어?

"아, 쉬려다가 그냥 공부나 하려고 방에 있었어. 근데 왜 전화했어?"

—아, 원석이가 오늘 별전 리그 우승해서 그거 알려주려고 전화했지.

"뭐? 원석이가 우승을 했다고?"

실력에 비해 꼭 중요한 경기에서 실수를 하는 모습이 안타까웠는데, 드디어 우승을 한 건가.

—그래 인마. 자식이 3:2로 역전승을 하는 바람에 보는 동안 질까 봐 조마조마했다.

현성의 웃음소리에 덩달아 기분이 좋아진다.

이거, 오늘은 오랜만에 즐겁게 공부할 수 있겠구만.

*　　*　　*

"이제 고시원은 좀 지낼 만해?"

"하, 그럴 리가 있겠냐……. 아주 지옥이 따로 없다."

한숨을 내쉬자 예슬이 고개를 절레절레 흔들었다.

"그럼 그냥 나와서 방 잡고 살지? 냉장고에 놔둔 니 밑반찬도 몰래 막 훔쳐 먹는다며?"

그러게 말이다. 걸신이 들렸는지 3일도 안 돼서 빈 통만 있는 거까진 이해를 하겠는데, 잘 먹었다고 안에다 쪽지 넣은 썅놈의 새끼는 잡히면 진짜…….

"안 그래도 올해까지만 있다가 원룸으로 옮길까 고민 중이야."

9월 말에 노 대통령이 선대위 출범식에서 충청권으로 수도를 옮긴다고 연설한 탓에, 노 대통령이 당선이 되면 눈에 불을 켜고 사려 할 테니.

이제 70일만 참으면 닭장 같은 고시원을 탈출할 수 있다.

"어차피 두 달 차이인데 그냥 다음 달에 옮기는 게 낫지 않아?"

꼬마야, 어른에겐 그럴 수 없는 나름의 사정이 있게 마련이란다.

"그게……."

지이잉— 지이잉—

—승민아, 뭐해?

"여보세요? 아, 선배. 죄송해요. 제가 지금 과외 중이라서 그런데 끝나고 연락드릴게요."

—그래? 그럼 이따 연락 줘~

"예."

"누구? 그때 말한 민지 선배인가 하는 그 사람이야?"

통화를 마치자 고개를 갸우뚱한 예슬이 묘한 눈빛을 쏘아 보낸다.

"어, 맞아."

"자주 통화하는 거 보면, 친한가 봐?"

"친하긴… 그냥 선후배 사이지. 뭐, 별거 아냐."

뾰로통한 예슬의 모습에 나도 모르게 변명을 하고 말았다.

"다 쉬었으면… 공부나 하자."

괜히 혼자 무안한 마음에 문제집을 펼치며 말하자, 시계를 본 예슬이 억울한 눈빛으로 노려본다.

"왜? 아직 10분 되려면 아직 한참 남았는데!"

"그거 더 쉬어서 뭐 하려고. 그냥 해."

이 녀석에게 아까 민지 선배에 대해 왜 그런 변명을 했을까?

"과외도 이번 달까진가? 한 달도 안 남은 거 열심히 해. 괜히 후회하지 말고."

"응. 걱정 마시고 사법 고시 준비나 열심히 하숑!"

"그래. 내일 보자."

나도 모르는 사이에 마음이 기울고 있는 걸까?

솔직히 조금도 안 흔들린다고는 말할 수 없었다.

사법 고시 준비를 하면서 부담이 될 거라 생각했던, 예슬이와의 이 시간이 오히려 내 휴식처가 되어 주고 있었으니까.

"하… 이 여편네야. 이러다 정말 당신 말대로 될지도 몰라…….”

추석이었는지 설날이었는지 기억도 안 나지만, 명절 TV쇼에서 금슬 좋기로 소문난 연예계 잉꼬부부들에게 MC가 던진 다시, 태어나도 이 사람과 결혼 하겠냐는 질문에 부부들이 한결같은 대답을 하자, 괜히 내게 시비를 거는 아내와 싸우던 일이 떠올랐다.

“웃기고 있네. 저러니까 TV지, 이따 집에 가봐. 지금 저 사람들 대판 싸울걸? 어휴… 지금도 꼴 보기 싫은데. 다시 태어나서 결혼은 무슨. 난 절대 안 해.”

소파에 누워 가당치도 않다는 듯 바라보던 아내의 모습에 욱해서 소리를 질렀었다.

“뭐? 누가 할 소리를! 나니까 데리고 사는 거지! 어디 가서 당신이 이런 대접받고 살아?”

“이 양반이 지금 말 다했어!?”

“먼저 시작한 게 누군데 그래!”

그때 한참을 싸웠었지…….

막상 돌아오고 나니 어찌해야 될지 감이 안 온다.

영원한 건 없다는 걸 알고 있지만, 그렇다고 깨고 싶지 않은 관계도 있게 마련이니까.

어떡하면 좋냐.

이제 막 고등학교에 올라갔을 서지은 씨, 날 기억도 못 하는 너를 다시 사랑할 수 있을까?

* * *

―하하하.

"웃는 걸 보니까 시험 잘 봤나 보네?"

―웅, 잘 본 거 같아. 가채점 해봤는데, 360점?

"오~ 교대 합격할 것 같은데? 근데 니가 선생님이 어울리기나 하냐?"

―뭐! 내가 어때서?

"그냥 다시 초등학교 입학하는 게 낫지 않아?"

―죽을래?

화를 내면서도 성적이 만족스러운지 들뜬 예슬의 목소리를 들으니, 나까지 기분이 좋아진다.

"고거 가지고 그렇게 금방 발끈해서 애들이나 가르치겠냐?"

―별걸 다 걱정하시네! 알아서 잘 할 테니까 신경 끄셔!

이제 과외도 끝인가. 후련하기도 했지만, 왠지 아쉬운 마음이 들었다.

"하여튼 성질하고는……."

—뭐! 니가 먼저 시비를 거니까 그런 거지!

"알았어. 미안하다. 아무튼 김예슬 공부하느라 고생했다."

—응, 고마워. 그리고 과외해 준 것도 헤헤.

"됐다. 그게 뭐 대단한 거라고. 점수 나오면 까먹지 말고 원서 접수나 잘해."

—응. 너도 사시 준비 열심히 하고~

"그려."

그렇게 예슬과 통화를 마치고, 고시원 휴게실을 나와, 다시 감옥 같은 쪽방으로 발걸음을 옮겼다. 막 복도를 지나 방으로 들어서려는데, 옆방 남자가 부스스한 머리를 긁적이며, 샤워실로 향하는 게 보였다.

궁상맞기까지 한 남자의 모습이 안쓰러워 고개를 젓다가, 그에겐 나 역시 그렇게 보일지도 모르겠단 생각이 들자 씁쓸해졌다.

각박한 고시원 생활에 조금 익숙해질 무렵 예슬의 S교대 합격 소식을 들을 수 있었다.

그녀와 통화를 한 게 11월 초였는데 벌써 12월인가?

시간은 이처럼 빠르게 흘러갔지만, 이놈의 민법은 아직도 골칫거리다.

그나마 다른 과목들이 거의 정리가 다 되었다는 걸로 위안을 삼고 있지만, 민법에서 과락을 하면 결국 합격을 하지 못하기에, 민법에 대한 부담은 커져만 갔다.

불안한 마음을 떨쳐내며 다시 마음을 가다듬고, 민법 책을 훑어보려고 하는데 대선이 도와주지를 않는다.

"기호 5번! 윤강문. 깨끗한 정치를……."

멀리서 들려오는 대선 후보자의 선거 방송. 이제 6일 앞으로 다가온 대선 때문인지, 각 후보자의 선거 운동은 날이 갈수록 치열해져만 가고 있었다.

길고 짧은 건 대봐야 안다고 했던가?

한 달 전 지지율이 10퍼센트를 겨우 넘던 노 대통령이 어느새 당선이 확실하다던 이 후보와 자웅을 겨루고 있었다.

그리고 12월 19일. 치러진 대선에서 이변을 일으키고, 16대 대통령에 당선된 노 대통령은 예상대로 행정 수도 이전 공약을 내걸었다.

이 지옥 같은 고시원 생활의 종지부를 찍을 날이 이젠 얼마 남지 않았다.

"여보세요."

—혹시 최승민 씨 핸드폰 맞습니까?

"예. 그런데요. 누구시죠?"

—아, 00부동산인데요. 다름이 아니라, 혹시 연기군 대연리

쪽 땅 파실 생각 없으신가 여쭤보려고 전화를 드렸습니다.

판다고 내놓은 적도 없는데, 오늘만 벌써 몇 통째인지 모르겠다.

"아, 팔 생각 없습니다."

처음엔 땅 값이 오르는 소리란 생각에 기쁘게 전화를 받았지만, 전화가 계속 오다 보니 어느새 통화하는 말투엔 짜증이 묻어나왔다.

—아, 그러십니까? 그래도 혹시 마음 바뀌시면 지금 이 연락처로 전화 부탁드립니다.

"예, 알겠습니다. 수고하세요."

내가 이 정도인데, 연기군 지역은 외지인 천국일 거다.

대선이 끝난 지 이틀도 안 되어서 평온했던 충청권이 들썩이고 있는 걸 보니, 대통령의 한마디에 얼마나 큰 무게가 실려 있는지 실감이 간다.

이러니 주변 놈들이 그렇게 자기가 대통령인 양 위세를 떨고 다니지…….

지이잉— 지이잉—

끊은 지 얼마나 됐다고…….

2월까진 땅에 대해 신경 쓸 겨를이 없으니, 핸드폰을 정지시켜 놓든지 해야지. 이거야 원…….

* * *

월드컵이란 축제로 한바탕 즐거웠던 것도 잠시, 연평해전과 북한의 핵개발 문제로 떠들썩했던 2002년이 끝나고 2003년이 찾아왔지만, 나에겐 별로 중요하지 않은 문제였다.

이미 03년의 달력의 첫 장도 넘어가 버린 이 마당에 내게 중요한 건, 해가 바뀐 것이 아니라, 오늘 치러질 사시 1차였다.

어제까지만 해도 까먹기 전에 후딱 봤으면 했건만 막상 시험 당일이 되니 군 입대냐, 사시 2차 준비냐 하는 중요한 기로에 놓인 탓에 시험장으로 향하는 마음은 무겁기만 했다.

그렇게 교문을 통과해 연문고등학교 2학년 4반 교실 문에 붙어있는 좌석 배치도에서 174번 좌석을 확인하고 긴장도 풀 겸, 자리에 앉아 주변을 둘러 봤다.

이미 거의 다 찬 교실에 앉아 있는 30대 중후반으로 보이는 사람부터 나와 비슷한 연령대의 사람들까지, 그들을 보니 사법 고시 응시생들의 연령대가 다양하다는 것이 한눈에 들어온다.

그런 응시생들 중, 내 또래로 보이는 젊은 응시생의 긴장이 역력한 얼굴이 마치 '이걸 통과해야 올해 2차 시험이라도 볼 텐데'라고 말하는 것 같다.

아마도 나 역시 그와 별반 다르지 않은 표정을 짓고 있을

지도 모르겠다. 침착하자는 말과 달리 이번에 떨어지면 1년을 허비해야 한다는 생각에 쉽사리 마음이 진정되지 않고 있으니 말이다.

괜시리 불안한 마음에 기본서를 꺼내, 헷갈렸던 파트를 표시해 놓은 부분들을 다시 읽어 내려갔다.

그렇게 한참 중요 부분들을 살펴보고 있을 때 앞에서 누군가 말했다.

"다들 시험에 불필요한 물건들은 전부 가방에 넣어서 앞으로 가져와 주세요."

고개를 들어 앞을 보니, 언제 들어왔는지 교탁엔 시험 감독관들이 서 있었다.

벌써 시간이 이렇게 됐나?

잠시 후, 시험지가 배부되고 여느 시험처럼 부정행위를 하면 실격이 된다는 경고와 함께 시험 시작을 알리는 소리가 울려 퍼졌다. 그 소리에 서둘러 시험지 봉투를 뜯고 시험지를 꺼냈다.

문제를 풀다 보니, 다행히 헌법 강사의 말대로 대선이 있었던 탓인지 1번부터 5번까지가 선거나 국회에 관한 문제였다.

"후… 생각보단 괜찮게 본 거 같은데."

1교시에 치러진 헌법과 선택인 국제법은 다행히 2차 때 새로 배울 법들을 대비해 기본 3법만 죽어라 판 효과를 본 덕분에 나름 선방한 것 같다.

“다음이 형법이랑 영어였나……. 모르겠다. 일단 밥이나 먹자.”

다행히 점심시간이 긴 덕분에 여유롭게 식사를 마치고 치러진 2교신 또한, 첫 시험과 마찬가지로 100분 동안 진행됐다.

형법은 어렵지 않게 풀 수 있었지만, 내년부터 토익으로 대체가 된다는 말에 쉬워질 거란 교수님의 말과 달리 영어는 모의고사보다 상당히 어렵게 출제된 것 같았다.

하지만 민법을 보니 영어는 약과였다.

단순히 판례를 암기하는 문제가 아닌 이론까지 알아야 맞출 수 있는 문제가 많았던 탓에 문제당 소요되는 시간이 장난이 아니었다.

거기다 긴 시간 동안 시험을 치르다 보니 마지막 민법 시험엔 정신이 혼미한 상태로 풀 수밖에 없었다.

결국 8월부터 시간 체크를 하면서 준비를 했건만, 지문이 유난히 길었던 문제 하나를 포기해야 했다.

“후… 차라리 민법을 첫 시간에 봤으면 조금 덜 했을 텐데.”

아무튼 민법을 끝으로 사법 고시 1차 시험은 끝이 났지만, 가장 어려운 과목을 정신력이 딸리는 후반에 배정한 것이 마음에 들지 않았다.

"됐다. 어차피 민법, 쉽지 않을 거 예상했잖아. 헌법이랑 형법을 생각보단 잘 봤으니, 거기에 기대를 해보는 수밖에. 합격자 발표가 5월이었던가?"

젠장.

2차가 9월이니, 일단은 2차 준비를 해야겠구만…….

*　　*　　*

"직접 만나보니, 생각보다 나이가 어리시네요."

순진한 척 몇 마디 건넸더니 어린 녀석에게 싸게 살 수 있을 거란 생각을 하는지, 놈의 표정이 밝아진다.

"그렇긴 하죠. 제가 생각해도 어리긴 해요. 아버지께서 이런 경험도 해봐야 된다고 해서 땅을 사놓긴 했는데, 갑자기 이런 아무것도 없는 땅을 팔라는 전화가 많은지 머리가 아프네요."

"허허, 아버님께서 배포가 상당하신 모양입니다."

"안 그랬으면, 좋았을 텐데요. 이 고생도 안 해도 되고……. 이거, 제가 말이 길었네요."

배포가 상당하신 건 맞긴 한데 그렇다고 해도, 아들한테 벌써부터 부동산 투자를 하라고 권하실 분은 아니지만 말입니다.

"아니에요. 그럼 본론으로 들어가서 400평이니까……."

통화를 해본 놈들 중 가장 많은 돈을 준다고는 해서 팔려고 했더니, 어리다고 얕보면서 머리를 굴리는 걸 보니 마음에 들지 않았다. 어디 밑밥을 깔아볼까?

"15만 원 맞죠?"

이렇게 눈치를 살살 보는 녀석들에겐 단도직입적으로 말하는 게 낫겠지.

"예? 그게… 승민 군도 알아봤겠지만, 지금 평당 시세가 8만 원 정도 하거든요. 그러니까, 10만 원 정도가 적당할 것 같은데……."

"10만 원이요? 어? 잠시 만요……. 아 죄송합니다. 제가 사람을 착각한 거 같아요. 원래 사기로 하신 분이 박광현 씨인데……."

"예?"

"이거, 제가 다른 분 전화를 착각한 것 같네요. 평당 15만 원이라고 해서 온 건데……. 바로 전화가 오길래 그분인 줄 알고 달려 나왔네요."

난처한 척 머리를 긁적이며 녀석의 눈치를 살폈다.

"15만 원이나 준다고 하셨다고요?"

"예."

뭘 대가리를 굴려. 사법 고시만 아니었어도 지금 팔지도 않았어, 자식아. 행정 수도 관련 법안이 통과된다고 소문이 파다해서 다들 못 사서 안달이구만.

"그분한테 팔기로 했는데, 약속을 어기는 것도 그렇고 액수도……. 죄송합니다. 그럼 이만 일어나 보겠습니다."

"저… 저기 승민 군! 그렇게 갑자기 일어나지 말고 잠시만 다시 앉아 봐요……."

조금만 생각해 봐도 이상하다고 느낄 텐데, 다급하게 나를 앉히는 걸 보니, 이 녀석도 앞으로 벌 돈에 눈이 멀어버린 모양이다.

"예?"

"이렇게 하죠. 박광현이란 놈… 아니, 그분이랑……."

놈이라고 하는 게 어감도 좋고 괜찮은데…….

"아직 구두로 말만 하고 뭐 계약서를 쓰거나 선금을 받은 건 아니죠?"

봄방학이라고 띵가띵가 놀고 있을 놈이 그런 큰돈이 있을 리가 있나……. 15만 원이나 있으면 다행이지.

"예, 그렇긴 한데… 왜 그러시죠?"

"하, 그러면 제가 평당 15만 5천 원으로 계산해 드릴 테니까, 그냥 저랑 하시죠……."

"예? 아니 그래도 어떻게 약속을 해놓고 그걸 번복해요?"

순진한 척 연기를 하자, 녀석이 좋은 위치에 땅을 사지 못할

지도 모른다는 답답함 때문인지 한숨을 몰아쉬며 말을 이었다.

"후, 그게… 승민 군이 아직 잘 몰라서 그런데 원래 계약을 하기 전까진 아무것도 아니에요. 그러니까……."

잘 아니까. 그냥 돈이나 올려달라고, 이 양반이 눈치를 밥 말아 드셨나. 왜 이리 못 알아들어.

"그런가? 안 팔아도 별문제 없는 거죠? 괜히 아버지한테 혼나는 거 아냐……."

"예. 그렇다니까요. 정 못 믿겠으면 지금 아버님께 전화드려서 물어보면 되잖습니까?"

"그럼, 제가 나가서 전화 한 통만 하고 올게요……."

결국 설득당하는 나를 보며, 자신의 언변이 뛰어난 줄 착각한 얼간이에게 연기군에 있던 400평의 땅을 평당 16만 원씩 쳐서, 6천 4백만 원에 모두 팔 수 있었다.

하……. 돈이 그냥 술술 벌리는 구나. 서울로 돌아와 다시 통장을 확인해 봤지만 내가 마흔 평생 동안 저축한 돈보다 많다.

흐뭇하게 통장을 바라보다 해야 할 일이 떠올랐다.

당분간 돈엔 신경 쓸 겨를도 없을 테니 이걸 일단 1년 정도 묵혀 놓을 주식을 알아봐야겠구만. 뭐가 좋을려나.

그러나 아무리 생각해도 마땅히 떠오르는 주식이 없었다.

작년에 미친 듯이 떨어졌으니, 올해 다시 오를 거란 예상만 하는 거지 각 주식에 대한 건 알 수 없는 노릇이라 난감하기만 했다.

흠, 가만. 단기 수익을 노리는 것도 아닌데, 왜 내가 이런 걸 가지고 고민을 하고 있지?

S전자에 묵혀 놓으면 만사형통인 걸. 2026년에 300만 원을 돌파하는 주식인데, 떨어지면 좀 더 놔뒀다 팔면 되지. 멍청아.

'잠깐만, 주식을 사기 전에 원룸부터 잡아야 되잖아.'

아무리 생각해도 마음 편히 잠조차 못 자는 그곳에서 7개월 더 보내긴 싫었기에, 곧바로 신림동 근처의 원룸을 알아봤다.

"여보세요. 아, 안녕하세요. 원룸 때문에 문의 좀 드리려고 하는데요."

전화를 받은 여성이 밝은 목소리로 말했다.

—예, 궁금한 점 있으시면 말씀하세요.

"그게, 제가 3월 초에 입주를 하고 싶은데 그때 가능한가요?"

—입주 기간은 얼마 정도신가요?

"기간은 6개월 정도요."

—6개월이요? 음, 그럼 3월에 입주 가능하시구요. 그리고 전

세로 하실 건가요? 월세로 하실 건가요?

"아, 월세요."

—월세는 보증금 300만 원에 관리비 3만원 포함 월 28만 원이세요.

흠, 예슬이 과외비까지 포함해서 통장에 지금 6,600만 원 정도 있으니까, 월세를 관리비까지 해서 170 잡고 총 470인가… 그러면 6,130만 원.

차라리 보증금을 좀 올려주고 월세를 낮추는 게 이득인가?

"혹시 보증금을 좀 더 내면 월세를 좀 내려주실 수 있나요?"

—아… 잠시만요.

잠시 후, 양해를 구한 그녀가 수화기 너머로 누군가와 대화를 하는 소리가 들려왔다.

—여보세요.

"예, 말씀하세요."

—그러니까 보증금을 600으로 하시면 관리비 포함 25만 원에 해드릴게요.

흠… 대략 300만 원 차이가 나는 건가?

그 돈이면 S전자 주식 10주는 사니까 5만 원만 올라도 50만 원, 당장 20만 원 이득 보려고 더 큰 수익을 날릴 필요 없지.

"그러면 일단 방을 먼저 봐야 될 것 같은데, 보고 나서 결정하기로 할게요."

통화를 마치고 원룸에 도착해 사용하게 될 방을 둘러보니, 조금 오래되긴 했지만 학원가 근처에 자리 잡고 있어서 나쁘지 않은 편이었기에 미룰 것 없이 보증금 300에 월 28만 원으로 계약을 마쳤다.

과거 이 나이 땐 계약서란 단어도 생소했던 내가 오늘 하루 동안 계약서를 몇 번을 쓴 건지…….

어쨌든 이걸로 원룸은 다음 달에 입주하면 되고 내일 주식이나 사볼까.

* * *

후… 벌써 3일째인가.

쉽게 살 줄 알았던 주식이 이틀째 계속 등락을 거듭하더니, 좀처럼 27만 5천 원대에서 내려가지를 않는다.

27만 원 정도에 사고 싶었지만 더 이상 시간을 끌 순 없었다.

오늘까지만 해보고 안 되면 포기해야겠지.

지금이 10시니까 아직 장이 끝나려면 5시간 정도 남은 건가.

제발 내려가라.

그런 바람과 달리 주식은 3시간 넘게 오르내림만 반복하고 있었다.

그렇게 장시간 S전자 주식을 보고 있었더니 이젠 눈까지 침침하다.

하지만 한눈파는 사이에 수십에서 수백이 차이가 날 수도 있단 생각에 지루함을 참아가며 30분을 더 기다리자 화면의 파란 숫자가 27만 원 밑으로 내려갔고, 삼 일의 기다림 끝에 마침내 S전자 225주를 매수할 수 있었다.

"후, 드디어 준비는 모두 끝난 건가."

*　　　*　　　*

"아니, 근데 니가 무슨 돈이 있어서 원룸을 잡았어?"

아들이 원룸을 잡았다는 소식에 밑반찬을 싸가지고, 한걸음에 달려오신 어머니께선 많이 놀라신 모습이었다.

"아, 학교 다니면서 과외를 좀 했어요."

"그래? 이제 우리 아들이 어른이 다 됐네."

눈가가 촉촉해진 어머니께서 기특하단 듯 어깨를 어루만져 주셨다.

나를 아껴주시는 분이 기뻐하는 모습만 봐도 기분이 좋아지는 걸 보면 행복이란 것도 사실 별게 아니다.

"그래, 월세가 28만 원이라고 했지?"

"예."

"그럼 다음 달부턴 엄마가 통장으로 부쳐줄게."

"아니에요, 엄마. 어차피 9월 달까지 낼 돈 있어서 계약한 거예요."

"됐어. 과외하면서 벌면 얼마나 벌었으려고, 게다가 힘들게 벌었을 텐데 아꼈다가 필요한 데 써."

"엄마도 참… 그럼 그렇게 할게요. 그리고 말씀도 안 드리고 갑자기 옮겨서 죄송해요."

"아니야. 안 그래도 너 방 잡아주려고 너희 아버지랑 이야기했었어. 차라리 잘됐지, 뭐."

그때 고시원 쪽방을 보시곤 탐탁지 않아 하시긴 했었지만, 이런 생각을 하실 줄은 몰랐었는데, 괜한 걱정을 끼쳐드린 건가…….

"그래도 엉뚱한 데 잡은 거 아닌가 해서 올라와 봤더니 잘 골랐네."

말씀을 하시곤 방을 꼼꼼히 둘러보신 어머니께서 내려갈 채비를 하셨다.

"됐어. 나오지 말고, 공부나 해."

"에이, 역까지 얼마나 걸린다고요. 그러지 마시고 같이 가요."

괜찮다고는 하셨지만 아들 얼굴 한번 보려고 올라오셨을 어머니를 혼자 보낼 순 없었기에 어머니와 함께 방을 나섰다.

"됐다니까. 뭘 힘들게 따라와. 이게 아주 지 아버지 닮아서 고집은……."

역에 도착하자 괜스레 어머니께서 한마디 하신다.

"뭘 또 아버지를 닮아요. 다 엄마 닮은 거지."

"뭐? 이놈이?"

어머니께서 기가 막히단 표정으로 눈을 흘기셨다.

"에휴, 아들이라고 하나 있는 게, 아주 지 엄마를 못 잡아먹어서 안달이지."

"예에? 그게 무슨……."

"됐어. 꼴도 보기 싫으니까 어여 가기나 해."

"예. 그럼 엄마, 조심해서 들어가세요. 저 이만 가볼게요."

그렇게 역까지 어머니를 배웅해 드리고, 원룸으로 향하고 있을 때 핸드폰이 울렸다.

"여보세요. 예, 민지 선배. 오랜만이에요. 잘 지내고 계시죠?"

—뭐, 방학 끝나서 우울한 거 말고는 괜찮아. 근데… 너 이번에 사시 1차 시험 보긴 한 거야? 보고 나서 전화 준다더니 2주가 넘게 왜 연락이 없어?

"아… 죄송해요. 요새 정신이 없다 보니 깜박했네요."

—공부만 하면서 뭐가?

"에이, 그러니 바쁘죠. 뭐, 1차는 나름대로 잘 본 것 같긴 해요. 저번 시험 커트라인보단 평균이 1점 정도 모자라긴 한데 다른 사람들이 어떻게 봤을지 모르니… 뭐, 결과가 나와봐야 알 것 같아요……."

—오~ 최승민! 그럼 80점은 넘겼다는 거잖아. 아마 그 정도면 합격일걸?

"그래요?"

—응. 선배들 말 들어보니까 작년보다 어려워서 커트라인 평균이 2~3점 내려갈 거라고 하더라고.

민지 선배의 말에 기쁘긴 했지만 이렇게 미리 헛물을 켜다 떨어지면 타격이 상당할 것 같다.

—근데 붙어도 걱정이겠네. 방이 좁아 터져서 못 살겠다고 울부짖던 고시원 생활을 계속해야 되니까?

"허허. 괜찮아요. 이번에 원룸 잡았거든요."

—진짜? 언제?

"4일 전에 계약했으니까 얼마 안 됐어요. 솔직히 도저히 못 있겠더라고요."

—그래, 잘했어. 수찬 선배도 올해까지만 고시원 생활하고 시험 떨어지면 그냥 집에서 공부할 거라고 이를 갈던데.

"이해가 가네요. 진짜 사람 살 곳이 아니었거든요."

—뭐, 난 고시원 생활을 안 해봐서 그런지 딱히 공감은 안

된다.

"음, 선배 키보다 10센티 정도 작은 침대에서 자는데, 잘 때마다 옆방에서 코골고 이 가는 소리가 들려온다고 생각하시면 돼요."

—으… 그건 좀 싫다.

직접 겪어 보면 조금이 아닐걸요…….

"근데 선배, 광현이는 잘 지내요?"

—어? 광… 현이?

며칠 전 녀석의 이름을 팔았던 게 생각나, 그냥 툭 던진 질문에 민지 선배가 당황하며 말을 더듬는다.

"선배, 갑자기 왜 말씀이 없으세요? 혹시 광현이 그놈한테 무슨 일이라도 있어요?"

한참을 머뭇거리며 말을 하지 못하고 있는 선배를 다그치자 그녀가 결국 입을 열었다.

—그게… 사실 광현이가 너 공부하는데 신경 쓰이게 하고 싶지 않다고 말하지 말라 그랬거든…….

"예?"

—걔 이번 겨울방학 때 다른 과 애들이랑 불법 과외하다 걸려서 벌금으로 300만 원 냈다고 하더라고.

서민후 자식이랑 엮여서 좋은 꼴 못 볼 거라고 그렇게 이야기를 했건만… 300?

이 미친 자식, 대체 어느 정도로 크게 일을 벌였길래 과외로 벌금을 300이나 맞아?

"하아, 선배… 죄송한데 나중에 제가 다시 걸게요. 광현이랑 통화 좀 해야 될 것 같아요."

—그래… 알았어.

띠리리— 띠리리—

—여보세요~ 이게 누구야? 귀하신 몸께서 웬일로 나한테 전화를 다하셨나?

언제나처럼 밝은 녀석의 목소리를 들으니 더 착잡한 마음이 든다.

"어떤 미친 인간이 불법 과외를 하다 벌금을 내셨다는데 어떻게 연락을 안 해?"

—아씨… 보나마나 민지 선배한테 들었겠구만. 아… 말하지 말라고 그렇게 부탁을 했는데…….

"박광현. 지금 그게 중요하냐? 너, 나랑 술 마실 때까지만 해도 안 한다고 했잖아!"

—아, 모르겠다. 나도 애들이 힘들다고 같이 좀 해달라고 하도 졸라서 중간에 끼었는데 딱 걸렸지 뭐냐…….

등신아… 그러니까 하지 말라고 한 거잖아.

"지금 그걸 말이라고 해?"

—승민아, 화난 건 알겠는데 나도 짜증 나니까 그만해라. 그리고 난들 이렇게 될 줄 알고 했겠냐? 사실 김준성인가 뭔가 하는 놈만 아니었어도 걸릴 일도 없었어.

김준성?

"혹시 우리랑 같은 학번인 정치외교학과 김준성 말하는 거야?"

—어라? 승민이 너랑 아는 놈이야?

모를 리가 있겠냐? 같이 신명고 회장, 부회장을 해먹은 사이인데.

"친한 건 아니고, 그냥 고등학교 동창이야. 근데 준성이가 했다는 건 어떻게 알아?"

—척보면 척이지. 이야기가 좀 긴데. 사실 잘 가르친단 소문이 나서 겨울방학 땐 규모가 좀 커졌었거든. 그래서 동아리 사람들이랑 같이 나도 도와준 건데, 그래도 힘들어서 아는 사람들까지 끌어들였거든?

"어. 근데."

—뭐, 그러다가 용규라고 정치외교학과 애 하나 있다고 그랬잖아. 걔가 자기랑 김준성이란 놈이랑 친하다고 이야기해 본다고 했었는데, 그러고 나서 며칠 이따가 바로 빵!

준성이 성격에 그럴지도 몰랐지만, 용규란 놈과 친하다면 그렇게 막무가내로 나설 놈은 아닌데?

"확실해?"

—그래, 그 자식이 그런 짓을 왜 하냐고 용규한테 막 뭐라고 했다더라. 아 또 짜증 날라 그러네. 씨발… 니 말 들을걸. 이게 뭐냐.

민지 선배에게 광현의 이야기를 들었을 때까지만 해도 속상한 마음에 화를 내려고 했던 것과 달리, 축 처진 광현의 목소리를 들으니 한숨만 나온다.

—하하. 너답지 않게 무슨 한숨을 그렇게 쉬어? 걱정하지 마세요. 이 박광현 님께서 면접에서 떨어뜨리지 못할 만큼 사법 고시 사상 최고의 점수로 가볍게 패스를 해줄 테니까.

내 한숨을 들었는지 광현이 금세 밝게 웃으며 말을 했지만 오히려 가슴 한편이 짠해졌다.

"그래, 어디 한번 해봐."

—졸업하고 자식아. 헤헤헤, 대학 생활은 즐겨야 되지 않겠냐?

개또 새끼… 누가 너를 말리겠냐……. 제발 이젠 서민후 그 놈과 엮이지나 마라.

* * *

광현의 안타까운 소식을 접하고 나서 이러는 게 참 뭐 같았지만, 세상은 내가 살아남아야 누군가를 위로해 줄 수도 있었기에 어제 광현과 만나 술을 마셔 쓰린 속을 달래며 수찬 선배에게 전화를 걸었다.

"안녕하세요. 선배님."

—어, 승민아. 오랜만이다.

"예, 연락도 없다 갑자기 전화드려서 죄송합니다."

—아니야, 괜찮아. 근데 무슨 일이야?

"아, 다른 게 아니라 2차 시험 때문에 학원 수강을 할까 하는데, 솔직히 종합반은 제 생각엔 좀 아닌 것 같아서 혹시 선배님께 단과반 강의를 추천받을 수 있을까 해서요."

—오? 1차 괜찮게 봤나 봐?

"그게, 간당간당한 점수라 5월까지 손 놓고 기다리기엔 조금 애매해서요."

—후, 그래? 역시 작년 과수석이라더니 대단하시구만.

"하하. 아, 이러다 떨어지면 무슨 망신을 당할지 벌써 걱정되네요……."

—자식, 별걱정을 다한다. 사시 1차 떨어졌다고 놀릴 놈 없으니까 일단 만나서 이야기하자.

"예, 그럼 선배님, B학원 앞에서 보는 걸로 할까요?"

—그래, 그게 편할 것 같다.

학원 앞에서 만난 수찬 선배는 몇몇 유명한 강사에 대한 이야기를 해주면서 시간을 아끼기 위해 한 학원에서 수강을 하는 것도 나쁘지 않다는 조언을 해주었다.

그런 수찬 선배의 조언대로 원래 배우던 B학원의 민사소송법, 상법, 행정법, 형사소송법에 대한 강의를 신청했다.

"2차는 또 어떻게 준비를 해야 하나……."

강의를 들어보니 1차 때와는 달리 객관식이 아닌 주관식으로 치러지는 탓인지 강의를 하는 방식부터 많이 달랐다.

하지만 강의는 어차피 듣다 보면 익숙해지는 것이라 별 상관이 없었지만 문제는 답안 작성이었다.

문제를 보고 답안을 써 내려가야 하는데, 분명 한 시간 전에 배운 것인데도 머리가 백지가 된 것처럼 아무것도 떠오르지 않았다.

후, 지금부터라도 미리 스스로 답안을 작성하는 요령을 터득하지 않으면, 2차는 합격하기 어렵다던 형소법 강사의 말대로 기본서와 답안 작성을 병행해야 하려나…….

* * *

3월 중순 무렵, 미국이 9.11 테러의 여파로 알카에다를 지

원하고 있다는 명목하에 이라크를 침공했다는 소식을 접한 게 엊그제 같은데, 이미 이라크의 수도 바그다드가 함락당했단다.

이렇게 세상이 빠르게 흘러가는 사이, 단과반을 마무리 지을 수 있었지만 강의를 들으면서 느꼈던 것은 시간은 부족한데, 그에 비해 강의 내용은 터무니없이 방대하다는 것이었다.

사시 2차 컷이 고작 50점에 불과한데 이렇게 공부하는 것은 아무리 생각해도 비효율적이었다.

이럴 바엔 차라리 다른 것들은 시험에 나올 만한 중요 부분만을 집중적으로 파서, 과락을 면할 수준까지만 실력을 끌어올리고, 내가 자신 있는 형법과 헌법에서 고득점을 받는 것이 낫지 않을까?

며칠을 고민해 봐도 그게 시간도 절약하고 지금 상황에서 9월에 치러지는 2차에 합격을 할 수 있는 거의 유일한 길이 아닐까 싶다.

"게다가 강의당 백만 원이 넘는데, 딱히 들을 필요도 없지 않나. 강의를 들어봐야 내가 직접 푸는 것도 아니고, 알려주는 거라 스스로 공부하는 것보다 머리에 남지도 않고……."

그래, 그냥 생각대로 밀고 나가자.

그렇게 결심을 한 뒤론 가능한 한정된 시간 속에서 회독수를 늘리기 위해 형법과 헌법을 제외한 나머지 법들은 논점들에 대한 논거만 간략하게 정리하고, 판례에만 신경을 쓰면서 빠르게 읽어나갔다.

이제 몇 주밖에 안 지났지만 확실히 회독수가 많아지자 답안 작성도 훨씬 수월해졌다.

마치 눈에 익었다고 해야 할까?

문제를 풀 때면, 머릿속엔 이런 논점에 관한 부분이었다는 게 스쳐 지나가니 말이다.

지이잉— 지이잉—

"음… 뭐야?"

윤세나? 사법 고시 준비를 시작하고 나선 연락도 않던 애가 웬일로 전화를 다했어?

"여보세요. 어, 윤세나. 니가 웬일이냐?"

—응? 뭐가 웬일이야. 너 혹시 까먹고 있던 거야?

"갑자기 뭔 소리야? 뭘 까먹어 내가……."

—하… 바보야. 오늘 사시 1차 합격자 발표하는 날이라며.

아… 오늘이 5월 1일이었나?

"아, 미안. 내가 깜박했다."

—됐어. 빨리 확인이나 해봐.

"어, 그래. 일단 끊자. 확인하고 내가 연락할게."

세나와 통화를 마치고 서둘러 법무부 홈페이지에 접속했다.

과연 내가 명단에 있을까?

불안하긴 했지만 최선을 다했으면 됐다는 마음으로 합격자 명단을 확인해 내려갔다.

문서를 절반쯤 내렸을 때, 111—로 시작하는 응시번호 옆에 최승민이란 이름이 보였다.

하! 설마 합격?

내가 합격했다는 것을 깨닫고 나자, 기쁜 마음을 대변하듯 마우스를 잡은 손은 의지와 상관없이 부들부들 떨리고 있었다.

"혹시 응시번호가 다른 거 아냐?"

눈으로 보고도 믿기지 않는 현실에 몇 번이나 다시 응시번호를 확인하고 나서야 마음을 진정시킬 수 있었다.

"이제야 속이 후련하구만……."

그동안 준비를 하면서도 내심 괜한 짓을 하고 있는 건 아닌가 하는 마음에 의욕이 떨어졌던 일들도 있었던지라, 이젠 한결 가벼워진 마음으로 2차에 집중할 수 있을 것 같다.

아, 세나에게 연락을 해줘야지.

그녀에게 전화를 걸기 위해 다시 핸드폰을 잡았지만, 부모님께 먼저 연락을 드리는 게 순서인 거 같다.

뚜루루— 뚜루루—

—여보세요. 승민이니?

"예, 엄마."

—그래. 근데 웬일로 이 시간에 전화를 다했어?

"아, 저 사시 1차 합격했다고 알려드리려고요."

—그래? 확실한 거야?

들으면서도 믿기지 않으신지 몇 번을 물어보신다.

"예, 그럼요. 법무부 홈페이지에 올라온 거 확인했다니까요."

—어머머! 그럼 이러고 있을 때가 아니라, 얼른 니 아부지한테 알려줘야지.

"최종 합격한 것도 아닌데……."

뚜— 뚜— 뚜—

상황을 보니 내 말은 다 듣지도 않고 아버지께 달려가신 것 같다.

후, 그래도 조금은 어머니께 칭찬을 듣고 싶었는데, 됐다.

이제 햇수로 쉰 살이 다 되어가는 놈이 무슨 어리광이냐.

조금은 아쉬운 마음을 뒤로 한 채 세나에게 전화를 걸었다.

—합격했어?

벨이 울리자마자 전화를 받은 세나가 담담하게 물었다.

"어. 성적이 아슬아슬해서 떨어질 줄 알았는데, 다행히 합격은 했다야."

—그래? 축하해.

"근데 아무리 최종 합격이 아니라고 해도 친구가 합격을 했는데, 조금은 기뻐해 주면 안 되냐……."

—그럴 거라고 생각했으니까.

"뭐?"

내가 이 녀석에게 이렇게 신뢰를 받고 있었나 하는 생각을 하고 있을 때, 그것이 단순한 착각이었다는 것을 깨닫게 해주는 세나의 목소리가 들려왔다.

—놀라기는. 흥, 나 말고도 다들 예상은 했었어, 바보야. 법무부 홈페이지 합격자 명단에 니 이름이 있는데 모를 리가 있겠어.

지금 장난하나 그럼 아까 말해주던가. 왜 사람을 하루 종일 등신으로 만들어?

"근데 그러신 분이 왜 아까는 말을 안 해주셨을까?"

—혹시나 다른 사람일 수도 있으니까, 그리고 그런 건 직접 봐야 좋지 않아?

말을 마친 세나 씨가 웃음을 참고 계신지 킥킥대신다.

"그래, 마음껏 웃어라. 할 말 다했으니 난 이만 끊는다."

—야! 잠깐~ 만.

"또 왜? 아직 놀릴 게 남았냐?"

그녀에게 두 번이나 당한 것에 짜증 섞인 말투로 툴툴대자, 세나가 전화기 너머에서 '남자가 쪼잔하게 고거 조금 놀렸다고 삐지기는'이라고 들릴락 말락 하는 소리로 중얼대며 말했다.

—아니, 애들이 만약에 너 합격한 거 맞으면, 이번 주말에 합격 축하 파티 하자는데 괜찮냐고.

흐음, 주말이면 이틀 뒤인가?

어쩌지… 오랜만에 친구들이 보고 싶긴 하지만, 괜히 리듬이 깨질까 걱정이 된다.

"됐다. 아직 시험도 남았는데 무슨 합격 파티야."

—야, 그래도 이럴 때 아니면 언제 스트레스를 풀어?

평소라면 알았다며 넘어갔을 세나가 웬일인지 오늘따라 적극적이다.

—머리도 식힐 겸 그냥 이번 주에 하지?

그럴까. 괜히 미련을 남기느니 그냥 가는 게 나을지도 모르겠다.

"그래, 하루 쉬지 뭐. 그럼 토요일 날 보자.

—응, 그럼 애들한테 이야기해 놓게.

* * *

몇 달 안 본 사이 어느새 단골 술집이 바뀌었는지 B호프집이 아닌, 주도락이라는 생전 처음 보는 장소에 도착했더니 현성이 녀석만 홀로 반겨온다.

이것들이 7시까지 오래놓고…….

"승민아, 여기야. 진짜 오랜만이다. 대학에 와서 이제 얼굴 좀 자주 보나 했더니 이렇게 만나기 힘들어서야 되겠냐?"

"그러게 공부하다 보니까 만날 시간도 없네. 미안하게 됐다."

"어쨌든 1차 합격했다니 축하한다, 자식아."

"그래, 고맙다. 애들 오기 전에 맥주나 한잔하고 있자. 강제로 금주를 하려니 죽겠다."

"그려. 술도 좋아하는 놈이 그동안 참느라 고생했다."

현성이 녀석이 이해한다는 듯 어깨를 두드리며 벨을 눌렀다.

"근데 2차는 언제 보냐?"

"2차? 음… 9월 22일부터니까 25일까지. 4일 동안 봐."

"뭐? 4일?"

사시 2차 시험 기간을 듣던 현성이 마시던 맥주를 뿜을 기세로 놀라워했다.

"무슨 시험을 4일이나 걸쳐서 본다냐. 흠, 그래도 이번에 떨어져도 내년까진 1차 안 봐도 된다고 했나?"

"어. 행시는 얄짤없이 다시 봐야 되는데, 사시는 면제라 그거 하나는 좋더라."

"그럼 내년 2차 시험 날짜가 일찍 나오면 유리한 거 아닌가? 괜히 길어지면 공부한 거 다 까먹을 거 아냐."

"그게, 1차나 2차나 보는 건 맨날 똑같아. 항상 2월이랑 9월에 봐왔거든."

"그래? 이번에 떨어지면, 한참 뒤에나 시험이 있단 말이잖아. 그러면 이왕 하는 거 조금만 더 고생해서 한 번에 합격해라."

"나도 마음 같아선 그러고 싶은데 그게 돼야 말이지. 오죽하면 과락만 면해도 합격이라고 하겠냐."

자신 없어 하는 내게 힘내라며 위로를 하는 현성과 그동안 나누지 못했던 이야기들을 하고 있을 때, 문을 열고 들어오던 시열이 녀석이 우리를 보더니 해맑게 웃으며 다가왔다.

"둘 다 안녕~ 일찍들 왔네?"

인사를 해오는 녀석을 반갑게 맞아주려다 녀석의 옷을 보고 설마… 하며 내 눈을 의심했지만, 아무리 다시 봐도 녀석의 흰 티에 새겨져 있는 건, 멀대같이 큰 시열이 놈과는 전혀 안 어울리는 앙증맞은 미티 마우스였다.

"안녕이고 나발이고, 박시열… 너 그 미친 마우스 티는 뭐냐?"

"어… 왜? 괜찮지 않아?"

웃기고 앉아 있네.

지도 민망해서 얼굴이 벌건 주제에 무슨 되도 않는 소리를 하고 있어.

"술맛 떨어지게 하지 말고 가서 갈아입고 와라."

현성이 역시 시열의 가슴팍에서 윙크를 하고 있는 쥐새끼가 마음에 들지 않았는지 이를 갈며 시열을 노려봤다.

"야, 언제 갔다 오냐. 그리고 이거 비싼 거야."

나 같으면 돈을 준다고 해도 그건 안 입겠다, 자식아.

"후, 됐다. 제발 다음부턴 그런 거 입고 오지 마라. 너랑 어울린다고 생각하냐?"

"왜? 직원이 괜찮다고 했는데……."

내 말에 시열이 변명을 하자 현성이 답답한 소리 좀 하지 말라는 얼굴로 말했다.

"아니, 생각을 해봐. 니가 장사하는 사람이면 손님한테 개떡 같다고 하겠냐? 그리고 사이즈라도 좀 맞는 걸 사 입던가. 쥐새끼 쪼그라든 거 안 보여?"

"후, 그런가……?"

"으이구. 다음부턴 혼자 그런데 가지 말고 애들이랑 같이 가."

"엉."

우리의 말을 듣고 억울해하는 시열의 모습을 보니 매장 직원에게 단단히 당한 모양이다.

하지만 녀석의 불행은 거기서 끝나지 않았다. 곧이어 도착한 지훈과 예슬이 또한 시열을 보며 한마디씩 했으니 말이다.

"근데 세나는 언제 오지?"

뭔가 기대를 하는 눈빛으로 지훈이 아직 도착하지 않은 세나를 찾자 예슬이 출입문 쪽을 한 번 보더니 그의 말에 동의를 했다.

"그러게. 오늘따라 얘가 왜 이리 늦어?"

분위기를 보니 다들 말은 안 하고 있었지만, 시열을 본 세나가 무슨 독설을 날릴지 기대를 하고 있는 모습이었다.

그리고 잠시 후, 모두의 기대를 한 몸에 받고 있던 세나가 문을 열고 안으로 들어왔다.

"응? 뭐야. 다들 왜 멍하니 보고만 있어. 사람이 왔는데 인사는 해줘야 하는 거 아냐?"

"어… 왔냐……."

이건 또 뭐야?

눈앞엔 분홍색 원피스를 입고 있는 미티 마우스가 방긋 웃고 있었다.

# 3장

## 사법 고시

"누가 보면 시열이랑 커플 티 맞춰 입은 줄 알겠다야……."

세나가 도착하고 한참 동안 못 볼 것을 본 것처럼 시열과 세나를 번갈아 보던 예슬이 어색하게 웃으며 말하자, 그제야 뭔가 알겠다는 듯 세나가 못마땅한 얼굴로 시열을 노려봤다.

골이 잔뜩 난 세나를 보니 이제야 시열이 자신과 같은 티를 입고 있는 것을 눈치챈 모양이다.

"박시열."

자신을 노려보는 세나의 눈을 피한 채, 쭈뼛거리던 시열이 뭔가 찔리는 게 있는 사람처럼 기어들어 가는 목소리로 대답

했다.

"어… 세나야……."

남자 새끼가 답답하게 그냥 '어라? 같은 옷 입고 왔네. 다음부턴 따라하지 마라' 하고 웃어넘기면 되지.

어쩔 수 없나?

여태껏 놀림을 당하다 이젠 세나에게까지 한소리 들을 녀석을 구원해 주기 위해 나서려던 그때, 오랜만에 마신 맥주에 벌써 취했는지 환청이 들려왔다.

"하… 너 설마 우리 사귄다고 말 안 했어?"

누구랑 누가 사귄다고?

"푸학! 뭐!?"

흥미롭게 둘을 지켜보다 뜬금없는 세나의 말에 마시던 맥주를 뿜어내며 외친 지훈의 한마디가 내가 느낀 당혹감을 그대로 말해주고 있었다.

"미안… 그게 말하려고 했는데……."

머쓱한 듯 머리를 긁적이는 시열을 보며 어쩔 수 없다는 듯 한숨을 쉰 세나가 우리에게 말했다.

"뭐, 보시다시피 그렇게 됐어."

되긴 뭐가 돼 이 계집애야. 또 얼마나 시열이를 부려먹으려고…….

미안하다, 시열아. 내가 너를 사지로 몰아넣었구나.

그렇게 할 말 다했단 얼굴로 시열의 옆에 앉는 세나와 달리 이 갑작스러운 상황에 미처 대비하지 못했던 테이블엔 침묵이 흘렀다. 결국 보다 못한 현성이 분위기를 바꾸기 위해 나섰다.

"자, 그래. 승민이 합격 축하하려고 모였는데, 뜻밖에 소식을 듣게 됐네. 어쨌든 둘 다 축하한다."

"현성이 말대로 일단 축하한다, 윤세나."

"너도 사시 1차 합격 축하해."

"근데 이제 보니까 합격 파티하자고 그렇게 성화였던 것도 이것 때문이었던 것 같다?"

"무슨 소리야? 니가 합격했는데 당연히 모여야지. 안 그래, 시열아?"

"응. 승민아, 세나가 너 축하해 주자고 제일 먼저 말했었어."

세나를 옹호하는 시열의 모습이 마치 조선시대 양반집 규수와 그 집에 딸린 천한 종놈을 보는 것 같다.

젠장. 벌써 머리가 아파오는데 앞으로 이걸 어찌해야 할지… 도무지 저 둘을 감당할 자신이 생기지 않는다.

어쨌든 이렇게 내 1차 합격 파티는 세나와 시열의 교제 발표 자리로 변질이 되고 말았다.

뭐, 아직 최종 합격도 하지 않은 마당에 축하를 받기도 민망했으니 잘된 걸지도.

“근데 둘이 어떻게 사귀게 됐어? 세나 니가 먼저 고백한 거야?”

이제 대학도 들어갔겠다, 한창 연애에 관심이 많을 예슬이 세나의 말을 기다리며, 초롱초롱한 눈빛으로 그녀를 바라본다.

“아니, 시열이가 사귀자고 했어.”

“정말? 시열아 니가 먼저 고백했어?”

의외란 듯 예슬이 놀란 얼굴로 시열을 보자, 그게 뭐 부끄러운 일이라고 시열이 얼굴이 벌게진 채 고개를 끄덕였다.

“오~ 박시열~ 숫기 없는 척했던 것도 다 연기였던 거 아냐?”

“그러게. 이야, 멋있다~ 남잔데?”

“전지훈, 한현성. 둘 다 적당히 해라?”

지훈과 현성이 시열을 놀려대며 어떻게 고백했냐고 묻자, 세나가 그래도 남자 친구라고 시열을 챙겼지만, 하이에나 같은 녀석들이 쉽사리 시열을 놔줄 리 없었다.

“우리끼리잖아. 솔직히 말해봐.”

결국 현성이 세나의 눈치를 살피며 화장실을 핑계로 데리고 나온 시열에게 지훈이 녀석이 물었다.

"진짜, 니가 사귀자고 그랬어?"

"어, 그렇다니까……."

가장 오랫동안 시열과 함께 보냈던 현성이 미심쩍은 눈으로 녀석을 쳐다본다.

"뭐라고 했는데?"

"그러니까… 보다 보니까 처음엔 부담스러웠는데 점점 세나가 좋아지더라고……."

응? 아무리 들어봐도 이상한데… 연애소설도 아니고, 지가 고백을 한 걸 제3자가 이야기하는 것처럼 말을 하는 녀석의 모습이 수상했다.

"그래서… 내가 사귀자고 세나한테 말을……."

"하라고, 세나가 너한테 시켰냐?"

"어……?"

어떻게 알았냐는 듯 흔들리는 녀석의 동공을 보니, 세나 녀석이 먼저 고백을 한 건가?

하긴, 세나 성격에 자기가 먼저 고백했다고 말하는 건 자존심이 허락을 안 하셨겠지.

"아, 아냐, 내가 했다니까. 정말이야!"

당황해하던 시열이 황급히 변명을 했지만 녀석의 말은 듣지도 않은 채, 의미심장한 미소를 지은 현성과 지훈이 잘했다는 듯 내 어깨를 두드리며 유유히 화장실을 빠져나갔다.

"후… 이제 세나한테 죽었다."

그럴 리가 있겠냐?

시열이 이 녀석, 지훈이랑 현성이를 너무 모르는 것 같다.

"아휴. 세나한테 말할 놈들 아니니까. 걱정 마라."

"그래도… 술김에 말하면 어떡해?"

*　　　*　　　*

"그럼. 다들 들어가 봐."

"응. 승민아 너도 조심해서 들어가~ 아, 1차 합격 축하해~"

세나에게 거의 기댄 채 축하한다고 말을 한 예슬이 손을 흔들어댄다.

"그려, 고맙다. 세나야, 걔 좀 잘 챙겨라."

지훈과 현성의 옆에서 알겠다는 듯 고개를 끄덕이는 세나를 뒤로한 채 웬일인지 원룸에서 자고 싶다는 시열을 데리고 신림동으로 향했다.

"승민아."

"왜? 세나랑 사귀는 게 그렇게 싫어?"

안 어울리게 한숨을 내쉬는 시열에게 농담을 던져봤지만, 녀석은 진지하게 나를 보고 있었다.

"박시열. 너 왜 그래? 뭐 할 말이라도 있어? 그렇게 인상 쓰지 말고 말해봐."

내 말에 발걸음을 멈춘 녀석이 한참을 망설이다 천천히 입을 뗐다.

"너 예슬이 어떻게 생각해?"

"예슬이? 좋은 애지… 갑자기 그건 왜?"

"아니 그게… 전에 우리 애들이랑 처음 술 마신 날 있잖아……."

벌써 일 년이 넘게 지났구만, 내가 기억 못 하는 무슨 일이라도 있었나?

"어, 근데?"

"그날 너 계산하고 있을 때, 예슬이가 너 좋아한다고 세나한테 말하는 거 들었어. 예슬이 말론 너도 알 거라고 하던데……."

"뭐어?"

"사실 그날은 기억이 안 났는데, 다음 날 너랑 해장하면서 기억나더라."

해장? 그러고 보니 그날 이 녀석이 뭔가 이상하다고 하긴 했었다.

평소대로 별일 아니라고 생각했었는데…….

"근데 그걸 왜 이제야 말해. 들었으면 들었다고 말하면 되지?"

"그게 세나가 부탁했었거든. '승민이한테 말하면 죽어? 알았어?'라고."

그건 부탁이 아니라, 협박 같은데… 잠깐만 그러면…….

"그럼 그 과외도 세나가 일부러 그런 거야?"

"어, 맞아."

"예슬이도 알고 있었단 거네?"

친하다고 해서 누군가를 속인다는 것이 용서가 되는 것은 아니기에, 차갑게 내뱉은 말에 녀석이 씁쓸한 웃음을 보이며 고개를 저었다.

"예슬이는 몰라. 내가 세나한테 그랬거든. 승민이 니가 알면 정말 화낼 거라고, 그러니까 세나가 '그럼 둘 다 모르면 되겠네'라고 하더라."

윤세나… 이 여우 같은 계집애.

"그래서 맨날 예슬이 과외하는 거 괜찮냐고 물어봤던 거냐?"

들켰다는 듯 머리를 긁적이는 녀석을 보니 내가 그때 탐탁지 않아 했다면 말했을 것 같다.

"근데 지금까지 아무 말도 안 하다가 이제 와서 그 얘기는 왜 하는 건데?"

그런 놈이 왜 지금껏 숨겨왔던 이야기를 갑자기 꺼낸 걸까?

"승민아, 니 말대로 예슬이 좋은 애잖아."

"……."

"걔 오늘 너만 보더라. 너도 좋은 친구인 거 알아. 그래서 예슬이 상처 받을까 봐 쉽게 말 못 하고 있을지도 모른다고 생각했는데, 그래도 이건 조금 아닌 것 같아. 물론 나는 너처럼 머리가 좋지도 않지만 이렇게 생각해. 싫으면 싫고 좋으면 좋은 거잖아… 서로를 위해서 확실히 하는 게 낫지 않을까?"

생각지도 못했던 시열의 일침에 내 대답을 기다리는 녀석에게 한동안 아무 말도 할 수 없었다.

"그래, 니 말이 맞다. 너무 내 생각만 했나 봐. 후… 조만간 결론을 내리마."

마냥 어리다고 생각했던 시열이 이런 조언을 할 줄이야…….
어느새 다들 어른이 되어가고 있는 모양이다.

* * *

"괜히 떨어지면 니들까지 이게 뭔 개고생이냐? 괜찮다니까……."

"야, 친구 놈이 시험 본다는데, 기라도 불어넣어 줘야지."

현성이 녀석이 괜찮다는 듯 어깨를 두드려 줬지만 부담만 커진다.

사시 2차 시험이 시작되는 9월 22일.

그날 술자리에서 4일간 치러진다는 이야기를 들은 친구 녀석들이 응원을 와준 것은 고맙지만, 솔직히 이번 시험은 거의 모 아니면 도라는 식으로 속성으로 준비를 했기에 자신이 없었다.

그렇기에 떨어질 확률이 높은 시험에 힘들게 응원하러 와준 이들에게 미안할 따름이었다.

"모르겠다. 어쨌든 와줘서 다들 고맙다. 이만 들어가 볼게."

힘차게 응원해 주는 녀석들과 달리 조금 힘없는 목소리로 말을 건네며 시험장으로 들어가려고 할 때, 예슬이 그녀의 조그마한 주먹으로 내 가슴팍을 툭 치며 한마디 해왔다.

"최승민! 잘보고 와. 그리고 떨어지면 또 어때? 어차피 내년엔 합격할 거잖아?"

"어… 그래……."

예슬의 응원 덕분이었을까?

자리에 앉아 1시간가량 남은 시험을 준비하는데, 이상하리만큼 마음이 편안했다.

그래, 최승민 편하게 생각하자. 긴장해서 좋을 건 없다. 아직 난 젊고 시간은 내 편이니까.

마음을 가다듬으며, 오늘 시험에 나올 거라 예상되는 논점들을 정리하고 나자, 어느덧 오전 10시가 되었고 2차의 시작을 알리는 헌법 시험이 치러졌다.

문제는 크게 2문제였다.

이걸로 100점이라니 참 허무하다.

그러나 이것이 내가 가장 자신 있는 두 과목 중 하나였기에, 이것을 망치면 합격할 가능성은 제로에 가깝다.

다행히 50점짜리 문제는 잘 알고 있는 비례대표에 관한 문제였다.

차분히 가, 나, 다 3개로 나누어진 논점에 대해 차례대로 답을 적어 내려갔다.

그렇게 답을 적어나가고 2문을 보자, 언제나 뜨거운 감자 중 하나인 공무원의 억울한 사건과 관련된 국가배상청구권이 논점으로 나왔다.

앞에 문제도 그랬지만 결국 자세히 따져보면, 이와 관련된 판례가 있었기에 이를 모른다면 좋은 점수를 받지 못할 것은 당연한 사실이었다.

"하… 2시간이 이렇게 빨리 갈 줄이야……."

고작 2문제에 불과했지만 약간씩 다른 논점에 대해서 생각을 정리하는 것은 그렇게 쉬운 일이 아니었다.

"후… 다행이다."

2시간 후, 행정법까지 모든 과목을 마치고 나서야 겨우 안도의 한숨을 내쉴 수 있었다.

상대적으로 얕게 공부했던 행정법이었기에 아예 공부한 부분에서 나오지 않을지도 몰라 긴장을 하고 있었는데 다행히 과락은 면할 것 같다.

뭐, 전략 과목인 헌법 2-2문을 그렇게 좋은 답안을 적어내지 못했던 탓에 남은 삼 일은 밤을 새야겠지만 과락으로 떨어지는 것보다야 낫겠지.

"드디어 끝인가……."

마지막 시험 과목인 민법을 끝으로 4일간 치러진 2차 시험을 모두 보고 나서 원룸으로 가기 위해 걷고 있었다. 한데 그동안 쌓였던 피로가 한 번에 몰려오는지 다리가 말을 듣지 않았다.

술 취한 사람처럼 계속 의지완 상관없이 갈지 자를 그리는 발을 보면 6시간 동안 어떻게 졸지도 않고 시험을 봤는지 모르겠다.

* * *

"대체 얼마나 잔 거야?"

이불도 깔지 않고 잔 탓에 쑤셔오는 몸을 달래며 핸드폰을 꺼내 보니 오후 4시였다.

5시 정도에 집에 도착해서 그대로 곯아떨어졌으니까 하루를 꼬박 잔 건가.

그사이 부모님과 지인들에게 온 부재중 전화만 26통.

10분 전에도 와 있는 어머니의 부재중 전화를 보고 걱정을 하시진 않을까 서둘러 연락을 드렸다.

"진짜, 나쁘지 않게 봤다는 말만 몇 번을 한 건지……."

오히려 이것저것 물어볼 줄 알았던 어머니께선 내 얘기를 듣고는 담담하게 고생했다고 말해주셨지만, 지인들은 뭐 이리 궁금한 게 많은지 그들과 전화를 하고 나니 입에서 단내가 났다.

그리고 그 덕분에 8시가 된 이제야 2차 시험에 나온 문제들의 답을 찾아보고 있었다.

후… 분명히 답안을 써 내려갈 땐 괜찮게 썼다고 생각을 했는데… 이거 과락은 면할 수 있을지 모르겠다.

"떨어지면 이 짓을 또 해야 하나."

4일간 밤을 새며 읽고 또 읽었던 두꺼운 책들을 보고 있자니, 이번에 떨어지면 그냥 다른 직업을 찾아보는 것도 나쁘지 않을 것 같다.

"후, 불확실한 미래에 대비하기 위해 내일은 주식이나 팔아야겠구만."

주식을 확인하자 몇 달 동안 푹 묵혀둔 S전자의 주가가 어느새 45만 원이란다. 또 다른 투자를 위해 가지고 있던 주식을 모두 팔고 나니 1억이 넘었다.

6천만 원을 벌었을 때만 해도 이렇지 않았는데… 돈을 너무 쉽게 벌고 나자, 돈을 버는 게 아니라 그냥 숫자 놀이를 하고 있는 것 같은 느낌이 들었다.

어쩌면 점점 돈의 가치에 대해서 무감각해지는 건 아닐까?

불과 3년 전, 주식을 투자하기로 마음먹었을 때가 떠올랐다. 그때 했었던 고민들을 떠올리니, 아무래도 난 지금 초심을 잃어버린 것 같다.

뭔가 이대로 안 된다. 더 무뎌지기 전에 대책을 마련해야 할지도…….

* * *

사시 2차도 봤겠다, 주식도 팔았으니 이제 11월 초에 나올 합격자 발표만을 기다리면 됐지만, 후련해야 할 마음은 심란하기만 했다.

과거로 돌아왔을 때까지만 해도 내가 이런 문제로 골머리를 앓을 거라고는 상상도 못했는데.

그날 시열이 녀석과 대화를 나누던 중, 불현듯 예슬이와의 짧지만 즐거웠던 일들이 자꾸 떠올랐던 게 생각난다. 그리고 시험장에서 응원을 해주며 밝게 웃던 모습 역시.

그렇게 다시 그녀를 떠올리는 사이 입가엔 나도 모르게 미소가 맺혀 있는 걸 느낄 수 있었다.

그동안 애써 그럴 리 없다며 부정했던 내가 그녀에게 끌리고 있는 걸까?

젠장……. 진정하려고 했지만 심장은 빠르게만 뛰고 있었다.

"아무래도 서지은. 너를 만나봐야겠다."

이대론 너와 다시 만나게 돼도 행복할 수 있을 거란 자신이 없어졌어…….

결국 그동안 피해왔던 아내를 만날 결심을 했다.

나를 모르는 아내의 과거 모습을 볼 용기도 나지 않았었고, 설령 다시 그녀와 결혼을 한다고 해도 내 아이들이 다시 태어날 확률은 기적과 같았다.

그렇기에 아이들에 대한 미련을 접을 때까진 만나지 않으려고 했건만…….

"여긴가……?"

길을 알려주신 중년의 아저씨가 말씀하신대로, 성당 옆으로 난 길을 걷다 보니 저 멀리 학교가 보였다.

그리고 도착한 학교 정문엔 아내가 다녔다던 영롱 여자 고등학교라는 이름이 적혀 있었다.

막상 오긴 했는데 아내를 만나면, 오히려 더 복잡해질 것만 같은 불안감에 그냥 발걸음을 돌리고 싶어졌다.

"언젠간… 어차피 한 번은 마주해야 되는 일이잖아."

초조한 마음을 달래며 30분 정도 남은 하교 시간을 기다리고 있었지만, 마치 멈춰 버린 것같이 시간은 좀처럼 가지 않았다.

그나저나 만약에 이번에 만나지 못하면 내일은 직접 교실이라도 찾아가 봐야 하나?

아내에 대해 별의별 생각이 다 들 때쯤, 교문을 나서기 위해 여학생들이 하나둘 모습을 드러냈다.

"응. 그럼 내일 봐."

"어, 너도 잘 가."

방금 지나간 여학생들처럼 별일 아닌 듯 가는 아이들도 있었지만, 여고 정문에 서 있는 날 수상하게 바라보는 소녀들의 눈빛에 괜히 죄를 진 것만 같았다.

그렇게 한참을 기다렸을 때 앳된 얼굴의 아내가 친구와 재잘대며 다가오고 있었다.

그 모습에 혹시나 하며 교복의 명찰을 확인하기 위해 그녀에게 가까이 다가갔다.

서지은. 아내가 분명했다.

그러나 그녀와 눈이 마주치는 순간, 무언가 잘못되었다는 것을 느꼈다.

왜 아무렇지도 않지… 젊은 시절, 길거리에서 우연히 본 아내에게 한눈에 반해 그녀에게 만남을 제안했었던 기억이 생생한데…….

그녀를 다시 봐도 내 심장은 아무런 변화가 없었다.

"지은아, 가다가 떡볶이 사먹자."

"그럴까? 근데 이번 달 용돈 만 원밖에 안 남았는데… 모르겠다. 일단 먹고 보자~"

이 믿기지 않는 현실에 그저 멍하니 서 있는 내 곁을 아내가 스쳐 지나갔다.

"하… 설마 꿈인가?"

점점 멀어져 가는 아내의 뒷모습에 허탈감만이 온몸을 휘감고 지나갔다.

분명 그녀를 만나기 위해 이곳에 올 때까지의 떨림은 거짓이 아니었다.

아내를 처음 봤을 때처럼, 다짜고짜 좋아한다는 말을 해버리면 어쩌지 하며 혼자 실실 웃었었으니까.

"이건… 아니야. 대체 뭐가 잘못된 거지?"

한참을 고민하다 도착한 지하철을 타기 위해 돌아섰을 때, 문득 어쩌면 난 추억과 사랑을 하고 있었던 걸지도 모르겠단 생각이 들었다.

그래… 내가 지금까지 사랑했던 여인은 그저 서지은이란 같은 얼굴과 이름을 가진 소녀가 아니라, 두 아이의 엄마이자 행복도 슬픔도 나와 함께한 인생의 동반자인 아내였다.

그리고 그 여인은 이제 더 이상 존재하지 않는다.

난 과거로 돌아오는 대신 소중한 이들을 잃고 말았다.

사랑했었다… 서지은.

지하철 창가에 비친 내 모습이 오늘따라 쓸쓸하게 느껴졌다.

*　　　*　　　*

아내를 보고 온 지 한 달이 지났다.

그사이 복잡하기만 했던 마음도 이젠 거의 정리가 되었기에 오늘 예슬이에게 고백을 하려 한다.

물론 세상을 알기에 그녀와 사귄다고 해피엔딩일 거란 생각은 하지 않는다. 그래서 이게 좋은 선택인지도 아직은 잘 모르겠다. 그저 지금은 내 마음에 솔직할 뿐…….

띠리리— 띠리리—

—여보세요. 시험 끝난 게 맞긴 한가 보네. 너한테 전화도

다 오고?

전화를 받은 예슬이 별일이 다 있단 말투로 물었다.

"그래, 니 말대로 시험 끝나니까 이제야 사람 사는 것 같다. 그동안 말이 핸드폰이지 시계랑 다를 게 없었으니까."

—히히. 근데 왜 전화했어? 애들이 모이재?

"그런 건 아닌데… 왜? 혹시 너 지금 바빠?"

—아니, 바쁘긴 수업 끝나서 집에 가고 있어.

"그럼 저녁이나 먹을래?"

—오~! 최승민~ 웬일이야?

"됐다. 먹을 거야? 말 거야?"

—오케이. 근데 뭐 사주려고?

"글쎄, 그건 일단 만나서 결정하자."

—그래, 그럼 어디서 만날까?

두근거리는 마음으로 약속 장소에 도착해 5분 정도 기다리자, 멀리서 대학생이라고 이젠 제법 꾸민 티가 나는 예슬의 모습이 보였다.

"야, 김예슬. 여기."

반가운 마음에 손을 흔들며 그녀를 반기자 그 모습을 본 예슬이 웃으며 다가왔다.

"오! 생각보다 일찍 왔네."

"뭐, 내가 더 가까웠으니까."

"흐흥, 근데 뭐 먹을 거야?"

"글쎄다. 난 딱히 떠오르는 게 없는데. 뭐 먹고 싶은 거 있어?"

"그럼 삼겹살!"

"어? 웬만하면 딴 거 먹지?"

"싫어! 고기 먹을 거야. 맨날 집에 가면 풀밖에 없단 말이야."

아무리 생각해 봐도 마늘 냄새 풀풀 풍기면서 사귀자는 말을 하고 싶진 않다.

"그럼 삼겹살 말고, 스바라 가서 돈가스나 먹자……."

"어디? 스바라? 거긴 양이 적은데……."

"부족하면 더 시켜줄게. 걱정 말고 갑시다."

"에이, 됐어. 거기 비싸잖아. 그냥 삼겹살 먹자."

이게 주식 팔아서 번 돈이 얼만데…….

"모르겠다. 그래, 삼겹살 먹자 먹어."

식사를 마치고 예슬에게 고백을 하려고 하니, 낯간지럽다는 생각에 입이 떨어지지 않아 결국 바래다준다는 핑계로 그녀의 아파트까지 함께 가게 되었다.

"고마워. 오늘 덕분에 잘 먹었어."

"그래, 고기 먹어서 기분은 좋아 보이네."

"응! 좋으시다! 그럼 다음에 봐~"

해맑게 웃는 예슬을 보니 더 이상 망설이고 싶지 않았다. 아파트 유리문을 열기 위해 고개를 돌리는 그녀의 이름을 불렀다.

"야, 김예슬. 잠깐만."

"어? 왜 뭐 할 말이라도 있어?"

고개만 살짝 돌린 예슬이 물었다.

"그게… 내가 너를 좋아하는 것 같다."

"응? 승민아. 뭐라고……?"

예슬은 많이 놀랐는지 눈을 동그랗게 뜬 채 천천히 몸을 돌렸다.

"좋아한다고 김예슬. 괜찮으면 한번 사겨볼래? 우리?"

한참을 말없이 서 있던 예슬이 잠시 후, 얼굴을 붉힌 채 수줍게 고개를 끄덕이며 말했다.

그런 그녀의 모습이 사랑스럽다고 느끼는 걸 보면 나도 벌써 콩깍지란 놈이 씌인 것 같다.

"그래, 근데 시험에서 떨어지게 되면 자주 못 만날 거야……."

"뭐! 장난해? 지금 그게 뭐야?"

"야, 공부해야 하는 데 그럼 어쩌냐?"

"최승민! 너 그냥 나 놀린 거지! 나쁜 놈아!"

눈가에 눈물이 살짝 맺힌 채 입술을 삐죽 내미는 예슬의 모습에 미안한 마음이 들어 진지하게 그녀에게 말을 했다.

"넌 내가 사람 마음 갖고 장난하는 놈으로 보이냐? 진심이야. 지금 말하지 않으면 너 놓칠 것 같은데 그럼 어떡하냐?"

그런데 어째 말을 들은 예슬의 표정이 미묘하다.

"후, 야. 나 닭살 돋은 거 봐. 넌 어떻게 그런 말을 아무렇지도 않게 해? 다음부턴 이런 말 하지 마."

이게 누군 안 민망한 줄 아나. 기껏 생각해서 말해줬더니.

"그래! 내가 다시 이런 말을 하면 사람이 아니다……."

"뭐야, 설마 너 삐졌어?"

슬쩍 미소를 짓는 그녀의 모습에 어금니를 꽉 깨물며 말을 이었다.

"아니, 삐지기는, 그래서 대답은 뭔데. 예스야? 노… 야?"

"니가 그렇게 내가 좋아서 죽겠다는데 어떡하겠어? 마음 넓은 내가 받아줘야지."

그래, 마음껏 놀려라. 그동안 모르는 척했었으니, 이 정돈 애교로 넘어가 주마.

"그리고 어차피 내년엔 합격할 거니까, 안 그래?"

합격을 못 하면 큰일이 날 것 같은 예슬의 싸늘한 눈빛에 나도 모르게 고개를 끄덕이고 말았다.

"어… 그렇겠지?"

이렇게 난 다시 연애란 놈을 시작했다.

*　　　*　　　*

"축하한다. 그동안 고생 많았어."

"그래, 고맙다. 다들."

사시 2차 합격 소식을 전해 듣고 모인 친구 녀석들의 축하를 듣고 나니, 이제야 합격을 했다는 게 실감이 난다.

합격자 평균 컷 42점을 겨우 넘긴 44점.

사실 그동안 2차 평균 컷이 50점대인 것에 비하면, 턱없이 모자란 점수였던 터라 당연히 떨어졌을 거라고 생각하고 있었다.

그러나 고작 지엽적(枝葉的)인 논점 하나를 쓰지 않았다는 이유로, 20점이나 깎였다는 고시생의 글이 인터넷에 올라올 정도로 유난히 어렵게 나온 헌법이 합격을 가능케 했다.

다른 이들과는 달리 헌법을 전략과목으로 선택해 집중적으로 공부했기 때문이다.

하지만 결국 실력보단 운으로 합격했다는 것을 누구보다 잘 알았기에 조금 멋쩍어 어색한 미소를 짓자 현성이 녀석이 못마땅한지 주먹으로 가볍게 어깨를 치며 한소리 해왔다.

"야, 누가 보면 떨어진 줄 알겠다, 자식아! 오늘 주인공이 이렇게 매가리가 없어서 어디 술맛 나겠냐?"

그래. 니 말이 맞다. 합격해 놓고 이게 뭔 청승이냐.

"뭐가, 그럼 춤이라도 추랴? 왜들 당연한 걸 가지고 이렇게 호들갑이야."

분위기를 띄우기 위해 일부러 능청스럽게 말을 하자, 하나같이 야유를 보내온다.

"지랄하고 있네. 와, 합격했다고 사람이 이렇게 달라지나? 며칠 전에 우리 만나서 했던 말은 하나도 기억 안 나나 봐?"

"내가 뭘~? 뭐, 억울하면 너도 사시 보든가?"

"최승민. 장난 그만하고, 술이나 돌리지 그래?"

현성이 녀석이 아까 괜한 말을 했다는 듯 주먹을 부르르 떨며 소주를 건네줬다.

"오케이. 장난은 여기까지 하고 다들 와줘서 고맙다. 그럼, 한 잔씩 받아."

"응, 축하해. 드디어 승민이가 검사가 되는 건가?"

아직 넘어야 할 산이 많구만, 다들 시열의 말에 벌써 내가 검사가 된 듯 자기들끼리 이야기를 나누고 있을 때, 술을 받던 세나가 궁금한 듯 물었다.

"근데 승민이 너 합격자 발표 나면 바로 면접 본다며, 언제 보는 거야?"

"아, 이번 달 말 정도."

"그래? 준비는 잘 돼가고?"

"어, 그럭저럭. 선배들이 시사 쪽이랑, 기본 법리만 잘 정리하면 된다고 해서 그렇게 하고 있어."

"그럼 합격한 거나 마찬가지네?"

"뭐… 그렇긴 한데……. 그래도 떨어지는 사람도 있다고 하니까 조심해서 나쁠 건 없지."

"설마 떨어지겠어? 예슬인 좋겠네. 승민이가 사귀자고 고백했다며."

"어?"

세나 이게, 그걸 어떻게… 설마? 예슬이를 보자 그녀의 얼굴에 당황한 기색이 역력했다.

그리고 미처 상황을 수습하기도 전에 어느새 미간에 내천자를 그린 현성과 지훈이 우릴 노려보고 있었다.

"으음? 이건 또 무슨 상황이야……?"

"이것들이… 말도 없이… 보자보자 하니까, 장난하나? 하라는 공부는 안 하고 몰래 연애질이나 하고 있었어?"

"그러게……. 현성아. 그것보다 우리도 애인 만들어야겠어? 이런 식이면 저 자식 면접보고 오면 소개해 드려야 하지 않겠냐……."

그렇게 한참을 두 놈에게 시달리고 나자, 세나에게 말을 한

게 미안했는지 예슬이 먼저 사과를 해왔다.

"미안. 괜히 세나 저 계집애 때문에……"

"됐어. 숨길 일도 아닌데 차라리 잘됐지 뭐. 안 그래?"

"그렇긴 한데, 괜찮겠어?"

예슬이 현성과 지훈이 우정을 담아 제조했다는 합격 기념주라는 이름의 독극물이 담긴 맥주잔을 가리켰다.

"괜찮아. 먹고 죽기야 하겠어."

그녀를 안심시키긴 했지만 대체 뭘 넣으면 이런 빛깔이 나올 수 있는지 궁금해졌다.

*　　*　　*

웬수 같은 윤세나 덕에 지옥 같던 2차 합격 파티를 한 지 열흘이 지난 11월 17일.

사법 시험의 마지막 관문인 면접을 보기 위해 면접 장소인 중앙 공무원 교육원으로 가기 전, 어머니께서 얼마 전 사주신 양복을 빼입고 핸드폰이 울리기만을 기다렸다.

지이잉― 지이잉―

"여보세요. 예, 선배님."

―잘 잤냐?

"예, 저야 뭐 잘 잤죠. 선배님은요?"

—나도 뭐. 근데 너랑 같이 면접을 보게 될 줄은 꿈에도 몰랐는데 참 신기하네.

나 역시 이렇게 될 줄은 몰랐지만, 아무튼 내심 긴장이 됐던 차에 수찬 선배와 같이 가게 되어 다행이란 생각이 들었다.

"그러게요, 선배님. 저도 이번에 합격할 거라곤 생각도 못했는데, 운이 좋았는지 면접까지 보게 됐네요."

—운도 실력이야. 자식아. 그런 소리 할 시간에 서울역으로 나와. 1시까지니까 늦지 않으려면 지금 출발해야지.

"예, 선배님. 그럼 거기서 봬요."

서울역에 도착해 선배와 만나기로 했던 매표소로 가자 그가 표를 흔들며 반겨왔다.

"안녕하세요."

"오냐, 니 것까지 끊어놨으니까 일단 기차부터 타자."

"죄송해요, 선배님. 제가 먼저 나와서 샀어야 했는데."

"됐어. 뭐 대단한 거라고."

선배와 함께 기차에 오르고 나니 자연스레 곧 닥칠 면접에 대한 이야기가 오갔다.

"선배님들 말 들어보니까, 면접에서 떨어진 사람 없으니까 편하게 보라고 하더라. 그래도 심층 면접은 안 볼 정도로 하래."

"아, 하긴 한 번 더 면접을 보러 와야 되니까, 좀 그렇긴 하겠어요."

"근데 웬만하면 너랑 따로 보고 싶은데……."

같은 오후 시간대에 편성된 게 좋기만 한데 눈치를 보니 선배는 영 아닌 것 같다.

"왜요? 선배, 같이 봐야 편하고 좋죠?"

"아서라. 그러다 괜히 너한테 망신당하면 선배 체면이 서겠냐?"

"에이, 그런 게 어딨어요."

"자식아. 니가 나라면 그런 말이 쉽게 나올 것 같냐?"

*　　　*　　　*

후… 선배는 잘 보고 계시려나?

면접실 앞 복도에 놓인 의자에 앉자, 먼저 대기실을 나서던 경직된 그의 얼굴이 잊혀지지 않는다.

편하게 보라고 해놓고 본인이 더 긴장하면 대체 어쩌라는 건지…….

"그럼 다음 분들 들어오세요."

관계자를 따라 면접실로 들어가니, 면접관 3명이 자리에 앉아 있었다.

"다들 2차 시험 합격한 거 축하드립니다. 그럼 지금부터 집단 면접을 보기 위한 문제를 드리겠습니다."

중앙에 위치한 면접관들이 토론을 하라고 제시한 문제는 낙태의 합헌성에 대한 것이었다.

하지만 섣불리 내뱉은 한마디가 혹시나 면접관에게 안 좋은 인상을 남길까 다들 눈치를 보느라, 찬반 모두 원론적인 이야기들뿐이었기에, 사실상 토론을 이끄는 것은 면접관들이라고 봐도 무방했다.

그렇게 1시간가량의 집단 토론이 끝나자, 드디어 개별 면접이 시작됐다.

아까와는 달리 3명의 면접관 앞에서 혼자 면접을 치르게 됐지만, 아는 대로만 대답을 하자라고 생각하니 마음은 오히려 토론을 할 때보다 편해졌다.

"최승민 군, 우선 아까 들어오면서 뽑았던 카드를 건네주세요."

"예."

카드를 건네받으신 첫 번째 면접관께서 형식적인 질문을 해왔다.

"왜 사법 시험에 응시하게 되었습니까?"

왜일까?

간단했다. 범죄자들이 자신의 쾌락이나 이익을 위하여 아무렇지 않게 타인에게 피해를 입힌다는 것을 직접 겪어봤기 때문이었다.

"사실 고등학교 때 살인미수사건의 목격자로 수사에 도움을 준 적이 있었습니다."

"살인미수사건의 목격자라… 구체적으로 어떤 사건이었나요?"

"예. 그게, 밤길을 걷다 우연히 피해자를 살해 하려던 범인을 막을 수 있었습니다. 그 후 사건의 목격자로 경찰에게 증언을 해주었는데, 그것에 앙심을 품은 범인의 칼에 찔려 오히려 목숨을 잃을 뻔했습니다. 그 일을 겪고 범죄는 가까이 있다는 것을 깨달아 검사가 되기로 결심을 했고, 이렇게 사법시험에 응시하게 되었습니다."

"허허. 면접을 하면서 들어본 가장 특이한 케이스인 것 같군요."

하긴 나 역시 사건을 겪기 전엔 그저 뉴스로만 보던 다른 세상의 이야기였으니, 하지만 누군가 막지 않는다면 그것이 내게도 벌어질 수 있다는 걸 깨달은 지금은 달랐다.

"제가 생각해도 그럴 것 같긴 합니다."

그 말에 웃던 면접관이 본론으로 들어가려는지 카드를 보며 말했다.

"어쨌든 사법시험에 응시하게 된 이유에 대해선 잘 들었습니다. 그럼 간단한 질문을 드리겠습니다. 검사동일체의 원칙에 대해서 아는 대로 말씀해 주세요."

음? 뭐 이런 말도 안 되는 질문을 하고 난리야.

"검사동일체란……."

어라? 뭐였지? 아무리 떠올려 보려고 해도, 누군가 기억을 훔쳐 간 것처럼 아무것도 생각이 나질 않았다.

"괜찮아요. 정확히 이렇다가 아니라 대략적으로만 설명을 해도 돼요."

"예, 검찰총장을 정점으로 피라미드 형태로 직무를 수행한다는 원칙이라고 알고 있습니다."

"음. 피라미드라……. 다른 좋은 게 뭐가 있을까요? 예를 들면 하나로 통일된 느낌이랄까."

"아! 검찰총장을 정점으로 하나의 조직체처럼, 상명하복의 관계에서 검찰 직무를 집행하는 것을 말합니다."

세 번째 면접관께서 틀린 부분을 살짝 짚어주었고, 결국 그 분의 도움으로 무사히 말을 마칠 수 있었다.

그 후, 몇 가지 간단한 질문에 답하고 나자 면접은 끝이 났지만, 다시 생각해 봐도 연대채무에 관한 질문이나 다른 법리에 관한 것은 술술 대답을 했건만, 정말 간단한 검사동일체는 왜 떠오르지 않았는지…….

선배는 잘 봤으려나. 연락이나 해봐야겠구만.

띠리리— 띠리리—

—여보세요.

목소리가 축 처진 게 왠지 불안하다.

"선배님, 저 면접 끝났어요."

—그럼, 밖으로 나와. 정문에서 기다리고 있으니까.

밖으로 나가자 수찬 선배가 침울한 표정으로 손을 흔들고 있었다.

"잘 봤냐?"

"그냥저냥이요. 아, 검사동일체가 뭐냐고 물어보는데, 갑자기 생각이 안 나서 하마터면 대답 못 할 뻔했어요. 선배님은요?"

"아씨, 짜증난다. 아니, 왜 사법 고시 면접에서 우리나라 주적이 어느 나라냐는 질문을 하는 거야?"

음? 이런… 군대를 안 갔다 왔으니, 아직 잘 모를 땐가…….

"그래서 뭐라고 하셨는데요?"

"뭐긴, 잘 모르겠다 그랬지. 이러다 떨어지는 거 아냐?"

그나마 다행이네. 괜히 엉뚱한 나라 말하는 것보다야 백배 낫지.

"에이, 무슨 그런 걸로 떨어뜨려요. 다른 건 다 대답했을 거 아니에요?"

공직에 오르는 사람이 국가관에 대해서 대답을 못한 게 불안하긴 했지만, 그를 위로하기 위해 밝게 말을 건넸다.

"그렇긴 한데… 찜찜해서 그렇지."

"그럼 된 거죠. 너무 신경 쓰지 마세요."

* * *

지이잉— 지이잉—

"여보세요. 예, 선배님."

—승민아, 합격했지?

"예, 선배는요?"

질문 하나를 대답하지 못해서 심층 면접까지 보고 온 선배에게 먼저 연락이 온 걸 보면 묻지 않아도 알 것 같긴 하다.

—나도 합격.

"그것 봐요. 제가 너무 걱정하지 말라고 했잖아요."

—자식아, 넌 심층 면접 안 봐서 그런 말을 하는 거야!

"아무튼 합격했으면 됐잖아요."

—그래, 합격했으면 된 거지. 너도 축하한다.

"예, 감사합니다. 선배님도 축하드려요."

—그건 그렇고, 설마 니가 최연소 사법연수생인가?

"하하, 설마요."

—아니야. 인마, 너 얼마 뒤에 취재 올지도 모른다니까?

시험 성적이 300등을 겨우 넘은 수준인데, 아무것도 아닌 최연소 사법연수생이라는 허울뿐인 감투가 뭐가 중요할까.

세상은 참 쓸데없는 것에 의미를 부여한다.

# 4장

# 시작되는 살인

사법 고시에 합격한 다음 날, 서울로 올라오신 부모님과 함께 원룸을 정리했다.

그런데 막상 정리를 마치고 나니, 옷가지를 담은 박스 하나만이 텅 빈 원룸에 덩그러니 놓여 있었다.

그 모습이 마치, 사시만을 위해 달려왔던 시간을 그대로 보여주는 것만 같았다.

참, 힘든 나날들이었지…….

그런 내 곁으로 다가오신 어머니께서 내 마음을 들여다보기라도 한 듯, 천천히 얼굴을 어루만져 주셨다.

"우리 아들, 그동안 고생 많았어."

"고생은요. 제가 선택한 건데요."

"그래도 인석아. 그게 아무나 붙는 시험이야?"

어머니의 말씀에 뭐라고 대답해야 할지 몰라 고민하고 있을 때, 타이밍 좋게 아버지께서 들어오셨다.

"뭐해? 다 정리 다했으면 어여 나오지 않고."

"으휴, 안 그래도 나가려고 했어요! 하여간 성격만 급해가지고……."

언제나처럼 별거 아닌 일로 또 아웅다웅하시는 두 분의 모습에 웃음을 참으며, 원룸을 나서자 앞엔 트럭 대신 아방T가 나를 반기고 있었다.

아버지께서 트럭이 아닌 다른 차를 모는 모습을 보게 될 줄이야…….

"승민아, 안 타고 뭐해?"

"예, 엄마. 탈게요."

아버지의 차를 타고 서울을 벗어난 지 1시간이 지났지만, 아직도 아방T 운전대를 잡고 있는 아버지의 모습만은 익숙해지지가 않았다.

"이놈아, 운전하는 데 방해되게 왜 자꾸 이쪽을 쳐다봐?"

"예? 아니 그게……."

"왜긴 왜예요. 당신이 이런 차 운전하는 게 신기하니까 그렇죠. 사실 승민이가 경품으로 안 받았으면, 평생 트럭만 몰았을 양반이 그걸 몰라요?"

"트럭이 어때서? 차가 굴러가기만 하면 되지. 뭘 더 바래."

"으이구, 참! 잘나셨네! 그런 양반이 오늘은 왜 이걸 몰고 왔데? 트럭 몰고 오지~?"

"허험."

어머니께서 째려보며 말씀을 하자 본인도 민망했는지 연신 헛기침을 하시며 어머니의 시선을 피하셨다.

오랜만에 부모님과 대화를 나누며 즐거운 시간을 보내는 사이 어느새 정동읍에 도착을 했지만, 당연히 평소 윤촌리로 가는 지름길로 빠질 줄 알았던 아버지께선 그대로 읍내로 향하고 계셨다.

어라? 무슨 볼일이라도 있으신가? 아닌데, 아까 피곤할 테니 집으로 빨리 가자고 하셨는데?

어… 어?

〈경축! 45회 사법 고시 합격. 정동중 37회 졸업생 최승민.〉

오 마이 갓! 저게 뭐야? 제발 이게 꿈이길…….

하지만 그런 바람과는 달리, 오늘따라 한없이 인자하게 느껴지는 어머니의 목소리가 이게 현실임을 알려왔다.

“승민아. 저기 니 이름 보이지?”

“예… 엄마. 그래도 미리 말씀이라도 해주시죠.”

이 길만은 피하게…….

“얘는 너 놀라게 해주려고 그런 거지.”

어머니의 말이 끝나자 그 과묵하시던 아버지마저도 읍내로 들어서는 도로 위에 걸린 플래카드를 흐뭇하게 바라보시며 말씀하셨다.

“으흠, 니 엄마가 하도 이거 보여줘야 된다고 난리를 쳐서 어쩔 수 없이 왔다만. 합격했으면 됐지 뭘 이런 걸 걸고 난리들인지.”

아버지… 신호 바뀌었어요… 출발하셔야죠.

기쁘기는 했지만 그보다 민망함에 손발이 오그라들던 플래카드 해프닝 후에 도착한 집은 내가 떠난 2년 전의 모습 그대로였다.

뭐 이제 얼마 뒤면 개발이 진행될 테니, 이런 풍경을 보는 것도 얼마 안 남았나?

생각하니까 또 열 받네…….

어차피 지나간 일이고 그것이 아니어도 돈을 벌 방법은 많다는 걸 알지만, 화가 나는 건 어쩔 수가 없었다.

"돈이라……."

1억을 벌고 나서 잠시 투자를 멈춰왔던 일이 떠올랐다. 돈에 대해 무감각해져 가는 것에 대한 대책을 마련한다고 하긴 했지만, 끝내 답을 찾지 못했었지. 이젠 그냥 일단 벌고 그 후에 생각하자는 마음이 드는 걸 보면, 이미 늦어버린 건지도 모르겠다.

하… 어찌해야 되나. 흐음…….

똑똑.

"승민아, 밥 먹어야지."

"예, 엄마. 금방 나갈게요."

방에서 나와 식탁에 도착하자 먼저 앉아 계시던 아버지께서 음식들을 가리키며 말씀하셨다.

"엄마가 너 온다고 고생해서 만든 거니까 많이 먹어."

"예, 그럴게요."

오랜만에 집 밥을 봐서 그런지 벌써 입안 가득 군침이 돌았다.

"천천히 먹어. 그러다 체해."

"예, 엄마."

"근데 사법연수원인가 뭔가 하는 곳은 언제 들어가는 거니?"

"내년 2월이요."

"그럼 이제 두 달도 안 남았네? 아무튼 들어가서도 지금처럼만 열심히 해."

"예, 그럴게요."

어머니와의 대화를 마치자 식사를 하며 묵묵히 듣고 계시던 아버지께서 입을 떼셨다.

"흠… 뭐, 승민이 니가 알아서 잘하겠지만 옆 동네 김 씨 말로는 쉽지 않다고 하니까 들어가면 마음 단단히 먹고."

"예, 아빠. 열심히 할 테니까 너무 걱정 마세요."

"그래."

미소를 머금은 아버지의 짧은 한마디에서 나에 대한 믿음을 느낄 수 있었다.

과거에 그저 아버지의 존재만으로도 내게 큰 힘이 됐던 것도 누구보다도 나를 믿어주셨던 이런 모습 때문이었을 것이다.

이젠 나도 아버지와 비슷한 나이건만 왜 이리 다른 건지. 아버지였다면… 그래! 혹시 아버지라면 그 답을 알고 계시지 않을까?

"저… 아빠."

"음? 왜 무슨 할 말이라도 있는 게냐?"

"그게 지금은 그런데……. 식사 다 하시면 잠깐 이야기 좀 할 수 있을까요?"

"뭔 일인지 모르겠지만 니놈 얼굴 보니 그래야 할 것 같구나."

식사를 마치고 잠시 걷자던 아버지의 말씀에 따라 함께 눈이 살짝 덮인 논길을 10분쯤 말없이 걸었을 즈음 아버지께서 입을 여셨다.

"그래, 할 말이란 게 뭐니?"

"아, 실은 제가 주식에 조금 투자를 했어요."

"주식? 니가 돈이 어디 있다고?"

아버지께선 내가 주식을 했다는 것에 놀라셨는지 걸음을 멈추셨다.

"그게… 제가 조금 관심이 있었거든요. 그래서 대학교 때 알바로 번 돈으로 잠깐 했는데 생각보다 큰돈을 만지게 됐어요."

이야기를 들으시던 아버지께서 물으셨다.

"혹시 너무 큰돈이라 겁이 나는 게야?"

"예, 아빠 말씀대로 갑자기 큰돈이 생기니까 어떻게 해야 할지 모르겠고 겁이 나네요."

"그럼, 한 가지만 물어보마. 니 생각엔 그걸 쉽게 번 것 같니? 아니면 어렵게 번 것 같니?"

"쉽게 번 것 같아요."

"그럼 독을 빼야겠구나."

"예? 독이요?"

"돈이란 녀석은 고약해서 쉽게 벌게 되면 독을 품고 제 주인의 눈을 멀게 만드는 놈이야."

아버지께서 하신 말씀이 무슨 뜻인지 알 것 같다. 하지만 내가 원하는 건 이런 선문답이 아니라 해결책이었다.

"그럼 어떻게 하란 말씀인가요?"

"일단 좋은 곳에 써봐. 그럼 너도 알게 될 거야."

"전부요?"

그 말을 들으신 아버지께서 껄껄 웃으셨다.

"이놈아, 세상천지에 돈 없이 살아가는 사람이 어디 있어? 그저 이 기회에 돈 쓰는 법을 배우라는 거야. 번 돈이 쉽게 나가봐야 돈 귀한 줄도 알지. 그러니 배부른 고민하지 말고 어디 한번 직접 겪어봐."

배부른 고민이라……. 하긴 그렇긴 하다. 이거 욕심에 눈이 멀어 가장 기본적인 걸 잊고 있었나 보다.

"예, 아빠. 그렇게 해볼게요."

며칠 뒤 아버지의 조언대로 천만 원을 불우한 아이들에게 기부하고 나자 우습게도 얼마 전까지 별거 아니게 느껴졌던 천만 원이 크게만 느껴졌다.

하지만 돈이란 놈에게 더 이상 휘둘리지 않을 무기를 얻게 됐으니 그걸로 족했다.

그렇게 난 앞으론 미래의 지식으로 벌게 된 돈의 10퍼센트는 무조건 좋은 곳에 사용할 거란 결심을 했다.

* * *

모든 것이 순조롭게만 흘러가던 2003년이 끝나갈 무렵, 평온한 일상에 돌을 던지는 사건이 벌어졌다.

[어제 밤 11시경, 삼성동 주택가에서 60대 노부부가 흉기에 의해 끔찍하게 살해된 사건이 벌어졌습니다. 이에 경찰은 금품을 노리던 범인을 보고 저항을 하던 피해자를 범인이 우발적으로 살해한 것으로 보고 있으며…….]

드디어 시작된 건가… 뉴스에서 흘러나오는 살인사건은 내가 기억하는 김대철의 범행과 대부분 일치했다. 서둘러 예전에 녀석에 대해 작성해 놓은 문서를 열었다.

이름: 김대철.

나이: 30대로 추정.

범행 시기: 2003년 후반~ 2004년도까지.

범행 방법: 주로 부유한 주택가의 노인들을 노려 살인을 저지

르고 금품을 훔치다 경찰이 수사망을 좁혀 오자 타깃을 사회적 약자인 매춘부로 변경, 수사기관을 농락한 채 수많은 생명을 앗아감.

특이사항: 처음 범행을 저지른 지역에서 또다시 살인을 저지름.

—정확한 시기는 기억나지 않지만, 매스컴에서 김대철이 연쇄살인범이란 발표를 하고 얼마 지나지 않아 일어난 일이었기 때문에 수사기관의 무능함을 탓했던 사건임.

04년도 4월에 병장을 달았을 땐… 이미 종잡을 수 없는 김대철의 행각에 사건이 미궁 속으로 빠졌음. 그러니 연쇄살인범이란 발표를 했을 리 없고, 결국 처음 사건을 접한 상병 시절인 2003년 말 아니면, 2004년 3월 사이에 일어남.

"젠장… 다시 봐도, 암울하구만. 이걸로 그 미친놈을 잡는데 도움이 될 수 있을까?"

하지만 반드시 녀석이 다시 삼성동으로 살인을 위해 움직일 때, 놈을 잡아야 했다.

기회는 한 번. 이때를 놓치면 미래와 같은 상황이 반복될 것이다.

미래로 돌아온 내가 알고 있는 일을 막지 않고 방관한다면 그건 살인을 저지르는 것과 같겠지.

"여기서 이러고 있을 때가 아니야."

나름대로 녀석이 범행을 저지를 만한 곳을 체크한 지도를 가방에 넣고 서둘러 집을 나섰다.

예전 김대철에 대해 적으면서 만약 사건이 일어나면 어떻게 해야 할지 수많은 생각을 했었다.

경찰서에 녀석의 이름을 적은 투서를 할까? 직접 움직여 볼까?

그러나 그것들 모두 가능성은 희박했다. 오히려 용의자로 몰리지 않으면 다행이겠지.

그렇기에 제발 그를 설득할 수 있길 바라며 열차에 몸을 실었다.

"안녕하세요."

서초 경찰서에 도착해 정문을 지키는 경찰에게 인사를 건네자 그가 친절하게 맞이해 줬다.

"안녕하십니까. 무슨 일 때문에 오셨습니까?"

"아, 다름이 아니라 강력계에서 근무하시는 박준혁 형사님 좀 뵐 수 있을까요?"

"박 형사님이요? 일단 계신지 확인을 해봐야 되는데, 혹시 관계가 어떻게 되십니까?"

"아… 신명고등학교 다니던 최승민이라고 전해주시면 아실 거예요."

"예, 그럼 잠시만 기다리십시오."

수화기를 들고 어디론가 연락해 이야기를 나누던 그가 안으로 들어가란 손짓을 하며 말했다.

"경찰서 본관 입구에서 기다리고 계시면, 금방 나오신다고 하시네요."

"감사합니다. 그럼 수고하세요."

그의 말대로 정문에서 몇 발자국 떨어져 있지도 않은 본관 입구에 도착해서 잠시 기다리자, 유리문을 열고 나오신 박 형사님께서 큰 소리로 이름을 불렀다.

"어이! 최승민이!"

"아, 안녕하세요. 형사님."

"그래, 자식아. 이게 얼마만이야? 근데 뭐, 또 사고치고 나한테 해결해 달라고 그러는 거 아니지?"

어깨를 두드리며 농담을 건네는 형사님을 보니 여전하신 것 같았다.

"에이, 형사님도 참. 저를 뭐로 보시고."

"이놈 봐라. 무면허 현행범이 당당한 거 보게."

"하하. 대체 언제 적 이야기를 하시는 거예요."

"그런가? 아무튼 일단 안으로 들어가자."

호탕하게 웃으시는 형사님을 따라 예전에 한 번 와본 적 있는 강력계 사무실로 향했다.

"그래, 이제 대학생이겠네?"

자리에 앉으신 형사님께서 의자를 건네주며 물으셨다.

"예, 근데 작년에 휴학했어요."

"왜? 군대라도 가는 거야?"

"아뇨. 그게 사법 고시를 준비하느라 잠깐 휴학했어요."

"사법 고시? 너 설마… 법대생이야?"

"예, 어쩌다 보니 그렇게 됐네요?"

"허… 어디 다니는데?"

"S대요. 아, 이번에 사법 고시도 합격했어요."

"뭐!? 혹시 너 그놈 때문에 검사되려고 그러는 거냐……?"

S대란 말에 놀라던 형사님께서 여전히 짧은 머리를 긁적이시며 씁쓸하게 말씀하셨다.

"아니요. 걱정하지 마세요. 그놈 때문만은 아니니까."

"그럼 다행이다만……."

말끝을 흐리시는 걸 보니 장남수 사건 때의 일을 떠올리고 계시는 것 같아 말을 돌렸다.

"근데 이렇게 마주보고 앉으니까 왠지 취조당하는 기분인데요?"

"어이구, 전에 왔을 땐 예슬이랑 둘이 벌벌 떨더니만 한번 와봤다고 아주 여유가 넘치시는구만."

설마 그랬으려고…….

하긴 긴장을 한 모습을 보고 그렇게 느꼈을지도 모르겠다.

"이래서 아버지께서 과거를 아는 사람은 특히 조심하라고 그랬나 봐요."

"뭐? 이 녀석. 보게! 건방진 꼬맹이가 철 좀 들었나 했더니 너도 여전하구나. 그럼 대충 해후는 한 거 같고, 그냥 얼굴 보려고 찾아올 놈도 아닌데 여기까지 무슨 일 때문에 온 거야?"

박 형사님께선 어느새 진지한 눈빛으로 이쪽을 보고 계셨다.

"아, 어제 삼성동에서 일어난 살인사건 때문에요."

"뭐? 설마 노부부 살인사건 말하는 거니?"

"예, 맞아요."

"녀석아 뭔가 알고 있는 거라면 강남 경찰서를 갔어야지. 그건 우리 관할이 아니야."

"그게……."

"…일단 왔으니 말해봐. 그날 밤에 무슨 수상한 놈이라도 본 거야?"

"아니요. 사실은 제가 범인을 본거나 그런 게 아니라, 제 추측이라서 그래요."

"추측……?"

장남수 사건 때처럼 내가 범인을 본 줄 알고 기대를 하던 형사님께서 깊은 한숨을 내쉬었다.

"후, 승민아 지금 거기 난리야. 안 그래도 지금 밤새워 가며 수사하고 있는데, 알 만한 놈이 왜 이러냐……."

형사인 그가 나서면 사건은 여기서 끝이라는 생각이 들자, 그냥 김대철이라고 말하고 싶어졌다. 하지만 그럴 수 없었다. 만약… 만약에라도 어제의 사건이 내가 기억하고 있는 연쇄살인범 김대철이 저지른 일이 아닌, 다른 사람이 저지른 단순 강도 사건이었다면 내 추측으로 벌어질 수사방식을 보고 김대철이 활동 지역을 바꿀지도 모를 일이었다.

이게 내가 가진 약점이었다.

연쇄살인이란 것을 알기 전까진 모든 것이 확실하지 않다는 것.

그렇다고 움직이지 않을 수도 없는 노릇이었다.

"형사님, 제가 오죽했으면 이러겠어요."

"이놈아, 그래도 안 돼. 괜히 수사에 혼선을 줄 수도 있어. 그러니까 지금은 그냥 공부나 열심히 하고, 나중에 검사되고 나서 멋지게 활약해 봐."

"후, 그러면 형사님만 알고 계시면 되잖아요."

"뭐?"

자신을 통해 다른 형사에게 말해달라고 온 줄 알았던 박형사님이 의아해하며 물으셨다.

"인마, 그럼 아무 의미도 없잖아."

"답답해서 그래요. 여기까지 왔는데, 그냥 가기도 뭐하고."

푸념을 늘어놓자 그가 이해한다는 듯 머리를 어루만지며 고개를 끄덕였다.

"하긴 나도 한창 경찰시험 준비할 땐, 너처럼 이런저런 생각 많이 했다. 그래, 그럼 속 시원하게 말이나 한번 해봐."

"예, 제가 생각하기엔 아무리 생각해도 단순 강도가 아니라 살인이 목적인 것 같아요."

"삼성동이야 알아주는 부자 동네잖아. 사실 이번 사건은 살인이 벌어졌으니 그렇지. 강도나 좀도둑놈들이 제집처럼 들락거리다 잡히는 곳이야. 며칠 둘러보다 돈 좀 꽤나 있어 보이는 집 하나 골라서 털려다가 일이 틀어진 게 더 그럴듯하지 않냐?"

"그렇긴 한데. 뭔가 꺼림칙하지 않아요?"

"뭐가 또?"

"60대 노부부 단둘이 살고 있는 걸 확인하고 들어간 것 같은 느낌이 들어서요."

"원래 그렇게 터는 거야. 너 같으면 쌩쌩한 남정네들이 득실거리는 곳에 가겠냐? 아니면… 됐다… 계속해 봐."

"뉴스에서 보니까 죽은 후에 시신을 훼손시켰다던데 소위 말하는 부자 동네니까 사설 경비업체를 쓴다는 걸 뻔히 알고 있었을 텐데 도망가기도 바쁜 그 시간에 시신을 훼손시킬 정신이 있었을까요?"

"그게 초짜인 놈은 피해자가 죽었는데도 확인을 하려고 그랬을 수도 있어."

역시 예상대로 이런 식의 설득은 무리인가… 하긴 사건이 진행된 상황이라면 모를까 지금은 내가 생각해도 허점이 너무 많았다.

젠장, 어쩔 수 없는 선택을 해야 하는 건가…….

최후의 방법을 쓰기 위해 가방에서 지도를 꺼내 형사님께 건넸다.

"하… 너도 대단하다……."

삼성동을 중심으로 김대철이 범행을 벌일 만한 지역이 표시된 지도를 본 형사님께서 혀를 내두르셨다.

"이게 뭐야? 혹시 다음 범행 예상지야?"

왜 사서 고생을 하냐는 눈빛을 보내는 형사님께 진지하게 말했다.

"예, 형사님. 이 지역 중에서 가족과 떨어져 사는 노인 분들 중, 시체가 훼손된 채 살해가 된다면 그땐 한 번만 저를 믿어 주세요."

그래야 더 이상 무고한 생명이 희생되지 않을 수 있습니다…….

“세상에 그런 우연은 없어. 만약에라도 그런 일이 생긴다면 그땐 니 말대로 연쇄살인에도 초점을 맞춰 수사를 진행해야 하겠지. 뭐… 그럴 리야 없겠지만……”

내 말에 지도에 적힌 내용을 유심히 보던 형사님께선 무언가 걸리는 점이라도 있으신지 잠시 멈칫하더니 말을 이었다.

“그러니까 너무 걱정하지 마. 괜히 이런데 힘 빼지 말고, 사법원수원 생활이나 열심히 해.”

“그럴게요. 오늘 이야기 들어주신 거 고마워요. 덕분에 조금 후련해졌네요.”

“아니야. 나도 오랜만에 니 얼굴 보고 좋았어. 그래, 들어가 봐.”

“아, 맞다. 지도는 그냥 버려주세요.”

“그래, 니가 가지고 가봐야 신경이나 쓰일 테니 내가 버리마.”

말을 하면서도 형사님의 눈길은 지도로 향하고 있었다.

“예, 형사님. 그럼 가볼게요.”

“아! 승민아.”

“예?”

“나중에 술이라도 한잔 사주게 니 핸드폰 번호나 알려줘라.”

됐다.

지도 한쪽에 적어놓은 내용이 효과가 있었던 건가.

"그럼 저야 영광이죠. 여기요."

내 예상대로 이 사건이 과거 김대철이 벌인 연쇄살인사건이 맞다면 박 형사님께 연락이 올 것이다.

* * *

삼성동 사건이 발생한 지 일주일이 되던 날, 강남 일대에서 삼성동 사건과 유사한 살인사건이 일어났다.

하지만 경찰은 몇 가지 정황이 비슷할 뿐 삼성동 사건과 달리, 금품을 훔치지 않은 것과 대낮에 벌어진 점을 보면 연쇄살인일 가능성은 희박하다고 발표했다.

"부유한 독거노인이 살해됐다라……."

이것으로 범인은 김대철인 것이 분명해졌다.

나중엔 매춘부를 잔인하게 살해한 걸 보면, 녀석의 목적은 살인, 금품은 그저 수사에 혼란을 주기 위한 미끼였겠지.

이렇게 놈을 아는 상태에서 다시 사건을 되짚어 보니 시체를 훼손했다는 이야기도 나오지 않았고, 시간과 목적을 바꿔 쉽사리 연쇄살인이라고 단정 짓지 못하게 한 걸 보면 예상보다 치밀하게 준비를 한 것 같다.

"젠장, 사건이 벌어졌다고 해도 형사님이 납득을 못 하신 거라면 찾아가 봐도 아무 소용이 없는데……."

사건이 벌어진 지 9시간이 지난 후였지만 야속하게도 핸드폰은 울리지 않았다.

처음 사건과의 연결 고리는 강남 일대에서 벌어진 것과 노인이 살해됐다는 것.

박 형사님과의 대화를 떠올리니 이것만으로 연락을 받는 건 아무래도 힘들어 보였다.

"후, 벌써 7시인가……."

이대로는 안 될 것 같다. 다른 방법을…….

지이잉— 지이잉—

양반은 못 되겠구만. 반가운 마음에 서둘러 전화를 받았다.

"여보세요."

—최승민 씨 핸드폰 맞습니까?

"예, 형사님. 저예요. 번호 교환해 놓고 그게 뭐예요."

—하하, 그래도 아닐 수도 있으니까 확실히 해둬야지.

"근데, 무슨 일이세요?"

—아… 전에 술 사준다고 했던 게 생각이 나서 오늘 괜찮냐?

"그럼요. 당연하죠. 어디로 갈까요?"

—너 어딘데, 아직 차도 없을 텐데 내가 데리러 갈게.

“아니에요. 저 지금 경기도 정동이에요. 내일 일도 있으실 텐데, 제가 서울로 올라갈게요.”

—어? 정동? 정동이 어디야?

“촌 동네라 말해도 모르실 거예요.”

—그런 델 뭐 하러 갔어?

“원래 집이 여기라, 사법연수원 들어가기 전까지 부모님 집에 있으려고 내려왔어요.”

—그래? 그럼 서울로 올라오지 말고 수원역으로 나와. 거기가 가깝지?

“예, 그럼 1시간 정도 뒤에 봬요.”

—그래, 그럼 거기서 보자.

후… 생각을 정리해야겠지. 괜히 섣불리 말했다간 죽도 밥도 안 될 테니.

빵! 빵!

수원역을 나서자, 형사님께서 클랙슨을 울리며 반갑게 손을 흔들고 계셨다.

형사란 분이 공공질서를 이렇게 무시하나?

“안녕하세요.”

“그래, 승민아. 반갑다. 어쩌다 보니 딱 일주일 만이네.”

약간 가라앉은 형사님의 목소리에서 이 상황을 달가워하지 않고 있단 걸 느낄 수 있었다.

"그러네요. 그래도 만나니 반갑기만 한데요. 뭐."

"그렇긴 하다. 자, 그럼 어떻게, 서울로 갈까? 여긴 아는 데가 없어서 말이야. 나야 상관없는데 넌 아직 포차 같은 건 잘 모를 거 아냐?"

"에이, 술 마시는데 술만 있으면 되죠. 형사님 말대로 그냥 주변에 포장마차 있으면 거기나 가죠?"

"자식. 말하는 거 보니까 술 좀 마셔봤나 본데?"

"뭐, 조금요?"

"하여간, 예나 지금이나 애어른이 따로 없구만. 그럼 가봅시다."

아직 시간이 일러서 그런지 사람이 거의 없는 역 근처 포장마차에 들어가자 주인아주머니께서 반갑게 우릴 반겼다.

"아이구! 어서 오세요. 근데 두 분이세요?"

"예, 오랜만에 형님이랑 술이나 한잔하려구요."

옆에서 내 말을 듣던 형사님께서 어이가 없단 얼굴로 웃고 계셨다.

"그럼 이쪽으로 오세요."

아주머니께서 안내해 주시는 대로 구석의 테이블에 앉자 형사님께서 고갈비와 김치찌개를 주문하시며 말씀하셨다.

"아주머니, 여기 일단 소주 한 병 먼저 주세요."

"예~ 소주 일 병 도착이요~"

"감사합니다."

아주머니께서 건네주신 소주를 따라주며 형사님께서 말씀하셨다.

"자, 일단 한 잔 하자. 혹시 안주 없다고 못 먹는 거 아니지?"

"그럼요. 이거면 돼요."

초장과 함께 나온 오이와 당근을 가리키며 술을 넘겼다.

이제부터 무거운 이야기를 해야 한다는 걸 알고 있는 탓인지 목을 타고 넘어가는 소주가 오늘따라 쓰게 느껴졌다.

"승민아."

"예?"

"솔직히 말할게. 너 이미 알고 있지? 내가 왜 불렀는지……."

누군가 진실로 자신을 대할 땐 그에 맞게 상대를 존중해 줘야 한다. 그렇지 않으면 그런 기회는 영영 오지 않는다.

"예, 오히려 이번 사건과 처음 사건의 연결점이 두 가지 정도밖에 없어서 연락이 안 오면 어쩌나 걱정을 했으니까요."

"두 가지?"

"강남 일대, 노인. 뉴스로 보니까 이것 말고는 없더라고요."

"그랬냐……?"

음? 왜 말을 흐리시지?

“왜 그러세요?”

“아니야. 조금 답답해서 그래.”

나를 불렀다는 건 연쇄살인이라고 확신을 하고 있다는 뜻이니, 수사 진행 방향이 마음에 들지 않으신 건가.

“어쨌든 너 가고 나서 나도 생각이 좀 많았다.”

형사님께선 그렇게 말을 하며, 잠바 안주머니에서 내가 건네줬던 지도를 꺼냈다.

“어떻게 안 거야? 이 주변에서 살인이 벌어질 거라는 거. 그저 사건 하나로 알 수 있다는 게 난 이해가 되지 않아.”

지도에 내가 표시해 놓은 지역 중 한 곳인 2번째 살인이 일어났던 지역에 형사님께서 붉게 표시해 놓은 것이 보였다.

“그건 제가 생각한 가설일 뿐이에요. 그리고 불행히도 그게 현실이 된 거구요. 지금 중요한 건 그게 아니에요. 이제부터가 문제인거지.”

“그게 무슨 말이야?”

“제가 지도에 놈에 대한 생각을 써놓은 거 읽어 보셨죠?”

“음… 연쇄살인범일 경우, 이 지역에서 비슷한 유형의 피해자를 찾아 다음 살인을 벌일 거다?”

“예, 근데 오늘 범행을 보면 제 생각보다 더 치밀한 놈인 거 같아요.”

"흠… 금품도 훔치지 않고 범행 시각도 변경했다는 거 말하는 거야?"

"예."

"그건 이미 경찰 내부에선 연쇄살인일 가능성을 제기했어. 예측 범위라는 거지. 내가 널 찾은 건 그게 아니라 저 지도 때문이야. 동기 녀석이 대충 범위를 정해놨다고 보여준 것보다… 니가 그린 게 훨씬 정밀하거든."

그랬던 건가. 확신이 서야 행동을 하는 건… 여전하시네.

하지만 어렴풋한 과거의 기억을 끼워 맞춰 작성했기 때문에 형사님의 질문에 대답할 수 없었다.

"죄송하지만, 형사님. 그래서 치밀한 놈이라고 말한 거예요. 그놈은 아마 처음부터 피해자를 정해놓고 움직였을 가능성이 커요."

"처음부터 피해자를 정해놨다고? 설마… 그럼 니 말대로라면 이미 범행을 저지를 순서가 정해져 있다는 소리야?"

"예, 제 생각에는 확실해요. 녀석은 경찰을 가지고 놀고 있… 아, 죄송합니다."

"아냐, 괜찮아. 계속 말해봐."

"후… 형사님, 경찰력의 대부분이 이미 강남 지역에 들어가 있는 거 맞죠?"

다른 지역도 아니고, 강남권이면 권력 또한 집중이 됐을 텐데, 그러지 않는다는 게 오히려 말이 안 되지.

"후… 그건 조금……"

망설이시던 형사님께선 확신을 하는 내 모습에 주변을 둘러보더니 고개를 살짝 끄덕이셨다.

"그럼 형사님이 범인이라면 경찰이 쫙 깔린 상황에서 목표인 부유한 노인을 찾는 게 쉬울 것 같으세요? 그것도 강남 지역에서만……"

말을 듣던 형사님께서 꽉 움켜진 잔을 강하게 내려놓으며 분을 삭이셨다.

"젠장… 뭔 말인지 알 것 같다. 결국 다음 범행도 첫 사건을 벌이기 전에 계획을 해놨을 거란 이야기군……"

"예, 제 생각은 그래요. 그렇지 않으면 첫 범행과 두 번째 범행의 동선이 짧다는 것도 말이 좀 안 되니까요."

"아니야. 아무리 생각해도 니 말이 맞아. 이거 직접 나서진 못하지만, 동기 녀석에게 이야기를 해줘야겠구만. 이 지도 내가 좀 써도 되지? 버린다고 했는데 미안하다."

"아니에요. 그런 것보다는 그분께 말씀을 전하실 때 괜찮으시면 이 말도 같이 좀 전해주시겠어요."

"그래, 말해봐."

"삼성동이 가장 유력한 다음 범행지라고 말해주세요."

"삼성동? 거긴 이미 범행이 일어났잖아? 계획을 해놨다는 니 말대로라면 오히려 일어날 가능성이 적지 않아?"

"아니요. 오히려 반대라고 생각해요. 이 정도로 치밀한 놈이면, 제 생각엔 첫 범행에 가장 많은 공을 들였을 거예요. 그렇다면 첫 범행 장소 말고도, 삼성동엔 녀석이 눈여겨 본 장소가 있을 가능성이 높지 않을까요?"

"흠, 니 말을 들어보니 그럴 것 같긴 한데. 그래도 미친놈이 아니고서야 다시 첫 범행 지역으로 가지는 않을 것 같은데."

형사님의 눈치를 보니 뭔가 탐탁지 않은 것 같았다. 하긴 나도 미래를 몰랐다면 그와 같았겠지.

"다음 범행 예상지에 경찰들이 득실될 거라는 걸 녀석도 알고 있다면, 새로운 피해자를 찾는 것보다 이미 물색한 장소도 있겠다 삼성동으로 향하지 않을까요? 이런 상황에 경찰이 그 지역을 범행 예상지에서 제외하고 있다면, 녀석에겐 오히려 절호의 기회가 찾아왔다고 봐야죠."

"무슨 말인지 알겠는데… 하, 그래. 일단 내가 한번 말은 해보마. 그럼 술맛 떨어지는 이야기는 여기까지 하고, 술이나 마셔보자."

"예, 그럼 한 잔 받으세요."

"그래, 어디 따라 봐. 근데 너도 대단하다."

"뭐가요?"

술을 따라드리며 형사님께 묻자 머쓱한 웃음을 보이셨다.

"뭐긴 뭐야, 자식아. 장남수 그 자식이 사람 잘못 건드린 것 같아서 그렇지."

"예?"

"모르면 됐다. 그런 게 있어."

"에이, 형사님도 싱거우시긴……."

그렇게 사건에 대한 이야기를 마친 형사님께선 역시 직업이 직업이다 보니, 언제 그런 이야기를 했냐는 듯 즐겁게 술자리를 이끄셨다.

박 형사님께서 강남 경찰서에 있는 동기에게 이야기를 잘 전해줬다는 말을 들은 뒤 얼마 후, 경찰은 김대철 사건이 연쇄살인사건이라는 발표를 하고 본격적으로 수사를 진행했다.

그리고 그사이 2003년의 마지막 달력이 넘어갔다.

*　*　*

[지난밤 9시경, 성북동 주택가에서 지난달 강남 일대를 떠들썩하게 했던, 삼성동 사건과 유사한 살인사건이 벌어졌습니다. 이에 경찰은 이번 사건이 삼성동 사건과 동일범의 소행으로 보고……]

그러나 전과 달리 빠르게 수사를 진행한 경찰의 노력에도 불구하고, 새해는 김대철의 체포가 아닌, 놈의 3번째 살인사건으로 시작되었다.

"씨발… 분명 저 지역도 내가 표시를 해놨는데 왜 못 잡은 거야!"

# 5장

# 사법연수원

진정해. 지금 중요한 건 그게 아냐…….

녀석을 잡지 못한 것에 대한 분을 삭이고, 제발 지금 생각하고 있는 것이 현실이 되지 않기를 빌며 박 형사님께 전화를 걸었다.

띠리리— 띠리리—

—여보세요.

전화를 받은 형사님의 착잡해하는 목소리를 듣자 불안감이 몰려왔다.

"안녕하세요, 형사님."

—그래, 승민아. 니가 웬일이냐?

하… 뭐라고 말을 꺼내야 할지.

"그게, 전에 형사님께 말씀드렸던 거 있잖아요. 그거 어떻게 됐는지 궁금해서요."

내 말에 웬일인지 그답지 않게 한동안 말이 없던 형사님께서 한숨을 내셨다.

—후… 미안하다, 승민아. 조금 어려울 것 같아.

"예? 그 말씀은……."

—그래, 니가 생각하는 대로야. 나도 어쩔 수가 없다. 동기 녀석한테 들어보니까, 괜히 인력을 분산시키는 바람에 범인을 놓쳤다고 윗선에 대판 깨졌다더라고.

젠장, 왜 이런 일들은 항상 틀린 적이 없는 걸까.

더 대화를 해봤자 달라질 게 없었기에 아쉬움을 토로하며, 다시 원래 수사를 하던 방향으로 진행된다는 말씀을 해주신 형사님과의 짧은 통화를 마쳤다.

끝인가…….

이제 녀석이 잡히기만을 바라는 것 외엔 다른 방도가 없다는 것을 깨닫자 허무함이 밀려왔다.

대체 난 그동안 무엇을 했던 걸까? 그리고 무엇을 할 수 있을까…….

5년만 뒤에 일어났다면…….

시간이 너무나 아쉬웠다.

*　　　*　　　*

“하… 이건, 닭장에 구멍이 뚫린 것도 모르고 앞만 지키고 있는 거랑 다를 게 없는데…….”

잠을 자려고 누웠지만 이젠 완전히 녀석이 원하는 대로 되어버렸다고 생각하니 억울해서 잠이 안 왔다.

녀석을 잡을 절호의 기회가 왔는데 이대로 놓쳐야 하는 건가.

지이잉— 지이잉—

음? 술이 간절했던 차에 핸드폰이 울리는 걸 보니 마음이 통했나?

“그래, 한현성 씨, 무슨 일로 이 야밤에 전화를 다 하셨나?”

—친구 놈 뭐 하나 전화 좀 해봤다. 뭐 해?

“그냥 누워 있지. 뭐.”

—이것 봐라. 합격했다고 아주 살판 나셨네?

이번 달에 군 입대를 앞두고 있어서 그런지 말을 듣던 녀석의 말투에 가시가 돋아 있다.

“살판은 무슨, 심란해 죽겠구만.”

—그래? 나도 그런데 그럼 잘됐네. 술이나 한잔하자.

"지금?"

—어. 읍내로 나와.

"그려. 씻고 나갈 테니까 터미널에서 기다려."

터미널에서 내리자 머리를 빡빡 민 현성이 반갑게 맞이해 줬다.

"빨리 왔네? 좀 더 기다려야 될 줄 알았는데."

"술 마신다는 데 늦을 수야 없지."

"하긴, 그렇긴 해?"

그렇게 대화를 주고받으며 술집으로 향하는데 가로등에 비친 녀석이 왠지 우스워 한마디 하자, 괜히 머쓱해진 녀석이 자신의 머리를 매만지며 화를 냈다.

"좀 웃기다?"

"뭐가, 자식아. 괜찮기만 하구만."

동네 주점에서 현성과 술을 마시며 평소처럼 이야기를 나누고 있다고 생각을 했는데, 나만 그렇게 느낀 건지 녀석이 인상을 쓰며 물었다.

"근데 왜 아까부터 자꾸 한숨이야? 최승민. 혹시 연수원 생활이 부담돼서 그래?"

"뭐……."

"이제 2주 후면 입대할 놈 앞에 두고 청승은. 너무 걱정 마. 잘 될 거야."

"미안하다, 자식아. 너도 잘 다녀와. 괜히 선임한테 맞았다고 징징대면서 전화 걸면 죽는다?"

"지랄. 헛소리 말고 술이나 받아."

하긴, 이놈이 누구 하나 조지고 영창에 갔다는 말만 안 들려오면 다행인가.

별거 아닌 이야기들을 안주 삼아 녀석과 술잔을 기울이고 나니, 어느새 소주병은 다섯 병이 넘어가고 있었다.

그리고 알딸딸하게 취해서 그런지 괜히 녀석에게 푸념을 늘어놓고 말았다.

"현성아… 알면서도 막지 못하는 게 힘들 것 같냐? 아니면 그냥 모르는 척 방관하는 게 더 힘들 것 같냐?"

"뭐~? 그게 무슨 개소리야. 어떻게 아는데 그냥 넘어가. 그리고 둘 다 힘들다면 막아라도 봐야 하는 거 아냐? 그래야 후회는 안 하지."

무슨 고민인지는 모르겠지만 후회는 하지 말라는 듯 녀석은 진지한 눈빛으로 내 눈을 직시했다.

"얼굴 뚫어지겠다, 자식아. 그리고 돈 아깝게 술만 마시지 말고 안주도 좀 먹어가면서 마셔."

"먹고 있어. 그것보다 니가 그렇게 고민을 하는 걸 보면 꽤 중요한 일인 거 같은데 포기하지 마. 그럼 너무 추하잖냐."

언제나 곧은 현성에게 이미 반쯤 포기하고 있었던 난, 그저 고개를 끄덕이는 것 말고는 아무것도 할 수 없었다.

* * *

현성이 입대를 하고 얼마 후, 김대철의 4번째 살인이 벌어졌다.

다행이라고 해야 할지 모르겠지만 이번에도 범행 지역은 삼성동이 아니었다.

하지만 녀석을 잡을 방안은 떠오르지 않았고, 언제 살인이 다시 벌어질지 모르는 불안감 속에서 하루하루를 보내야 했다.

그리고 그사이 내가 속한 35기 사법연수생의 1학기가 시작됐다.

뭐, 일정은 첫날은 대학과 마찬가지로 학사일정 소개가 끝나자 반이 결정됐다.

조금은 아쉽게도 수찬 선배와 같은 반이 되지는 못했지만, 치열한 경쟁이 예상되는 연수원 생활에 아는 이가 있다는 것만으로도 족했다.

어쨌든 일정에 따라 법원, 검찰, 변호사 협회에 대한 소개를 듣고, 3반 강의실에 들어가자 이제 2년을 같이 강의를 받게 될 사람들은 서로 인사를 나누기에 여념이 없었다.

"아, 안녕하세요. 전 차문준이라고 해요."

그 모습을 바라보며 빈자리에 앉는 내게, 옆자리에 앉아 있던 서른은 되어 보이는 더벅머리의 사내가 인사를 했다.

"예, 안녕하세요. 저는 최승민입니다. 앞으로 잘 부탁드려요."

"근데 저는 32살인데 나이가 어떻게 되세요?"

적지 않은 나이에 괜히 민망한지 그가 머리를 긁적이며 물었다.

"아, 그럼 형님이시네요. 전 22살이에요."

"와… 장난 아니네. 그럼 대학 입학하고 나서 바로 사시 준비해서 합격하신 거예요?"

"예, 어쩌다 보니 그렇게 됐어요. 그것보다 2년 동안 보게 될 텐데. 그냥 편하게 말 놓으세요."

"응, 그래. 근데 진짜 대단하다야. 난 군대 갔다 오고 6년이나 걸려서 합격했는데."

그렇게 문준이 형과 이번 사시에 대한 여러 이야기를 나누고 있을 때, 지도 교수님께서 들어오셨다.

"아, 다들 반갑습니다. 저는 여러분의 지도 교수이자, 검찰 담당 교수인 고동수라고 합니다. 우선 이렇게 사법연수원에

입소를 하신 여러분을 진심으로 환영합니다. 그럼 잠시 신입생 여러분께 해주고 싶은 말을 한마디만 하고 개별 면담을 시작해 보도록 하죠."

강의실에 앉아 있는 우리를 찬찬히 둘러보시던 교수님께서 천천히 입을 여셨다.

"여기 여러분을 가르치기 위해 서 있는 저는 소위 명문대라는 SKY에 합격하지는 못한 사람입니다. 제가 이 말을 하는 이유는 이곳이 자신의 학벌이 아니라, 순수하게 실력만으로 원하는 것을 쟁취할 수 있는 기회의 장소라는 것을 알려드리고 싶었기 때문입니다. 그러니 이번이 여러분에게 주어진 마지막 기회라는 생각으로 2년 동안의 짧은 연수원 생활에 최선을 다해주셨으면 합니다."

쏟아지는 박수에 쑥스러운지 턱을 매만지던 교수님께서 잠시 연수생들을 진정시킨 후, 출석부에 적힌 이름을 부르며 개별 면담을 시작하셨다.

"형, 교수님께서 무슨 말씀하셨어요?"

나보다 먼저 면담을 마친 문준이 형에게 물어보자, 그가 어깨를 으쓱하며 말했다.

"그냥, 뭐 별거 없어. 연수원 생활 잘하라는데? 이럴 거면 그냥 수업이나 자율 학습을 시켜주지. 괜히 시간 아깝게……."

아직 수업도 시작 안 했는데, 성적에 대한 부담감을 느끼는지 그가 불만을 토로했다.

그런 형의 말에 맞장구를 쳐주며 대화를 하고 있는 사이 내 차례가 왔다.

"음, 최승민 군. 오… 22살?"

교수님 또한 문준이 형처럼 다른 것보다는 그것이 신기한 모양이셨다.

"예……."

"상당히 어린 나이에 사시에 합격했네요. 그럼 뭐 연수원을 졸업하면 어느 쪽으로 갈지 진로를 정한 게 있을 거 같은데 아닌가요?"

"예, 검사가 되고 싶습니다. 그런데 입학 성적이 간당간당해서 될지 잘 모르겠네요."

"으음. 벌써부터 걱정하지 말아요. 연수원 성적이 60퍼니까 이제부터 노력하면 충분히 가능해요."

"아, 예. 열심히 해보겠습니다."

"그럼 다른 거 궁금한 거 있으면 어디 말해봐요."

"글쎄요. 딱히… 궁금한 건 없습니다."

내 말에도 불구하고 푸근한 인상의 고동수 교수님께선 다른 학생들보다 어린 학생이라 적응을 잘 못 할지도 모른다고 생각했는지, 묻지도 않은 것들을 이것저것 말씀해 주셨다.

그러다 교수님께서 생각지도 못한 이야기를 꺼내셨다.

"그럼 검사가 되고 싶은 최승민 군은 최근에 강남 지역에서 일어나고 있는 살인사건에 대해선 어떻게 생각하나요?"

"예?"

"그렇게 놀랄 것 없어요. 성적에 반영되는 것도 아니고, 앞으로 장차 검사가 될 유망한 청년은 어떤 견해를 갖고 있는지 궁금해서 그런 거니까요."

갑자기 생각지도 못한 기회가 찾아왔다.

"그게… 이번 강남에서 범행을 벌인 자가 두 번째 범행을 저질렀을 때, 이미 연쇄살인일 거란 생각을 했었습니다."

"응? 왜죠."

"그러니까……."

그렇게 5분 정도 내 이야기를 경청하시던 교수님께서 웃으시며 말씀하셨다.

"승민 군, 지금은 면담을 해야 되니 수업이 끝나고 이것에 대해 좀 더 이야기를 나눠보죠."

"예."

차분하게 말을 하고 있었지만 가슴은 쿵쾅거리고 있었다.

"그러면 면담은 이것으로 모두 마쳤네요. 여러분들은 수요일부터 사법연수원 강의를 듣게 됩니다. 모두 각오를 단단히 해주시길 바랍니다. 그럼 검찰 실무 시간에 뵙도록 하죠."

드디어 2시간 30분 동안 진행된 52명에 대한 개별 면담이 끝이 났다.

"아, 최승민 군은 아까 면담 때 못다 한 이야기가 있죠."

내게 손짓을 하시는 교수님을 따라 본관 7층에 위치한 교수실로 향했다.

"아까 어디까지 이야기했더라… 음… 그래요. 이번 범행지가 아마도 삼성동일 거란 말을 했었나요?"

"예, 교수님."

"그래요. 왜 그런 생각을 하게 된 거죠?"

호기심이 가득한 눈빛을 보내는 교수님께 일말의 기대를 가지며, 박 형사님께 해드렸던 이야기를 그대로 전해드렸다.

그러자 뭔가 생각에 잠겨 있던 그가 잠시 후 입을 열었다.

"음… 3번째 사건이나 그 이전이었으면 모를까, 이미 4번째 범죄가 다른 곳에서 벌어진 이 상황에서 범인이 미리 계획을 짜놨다는 건 너무 추상적인 것 같단 생각이 드네요."

그래도 어린 녀석이 이런 생각을 한 게 기특하다는 듯 웃고 있는 그의 모습을 보니, 가망이 없어 보였다.

"그런가요……?"

"예, 제가 봤을 때는 그럴 가능성은 거의 없다고 봅니다."

역시 무리였나… 그래, 교수라고는 해도 현직 검사인 사람이 현장 경험이나 실무를 전혀 모르는 연수생의 말을 진지하게 받아들이는 게 오히려 말이 안 되긴 해.

젠장, 그래도 녀석을 잡을 절호의 기회를 이렇게 놓치고 말다니…….

아무리 납득을 하려고 해도 속은 부글부글 끓고 있었다.

"뭐, 처음치고는 그래도 나쁘지 않은 추리였다고 봅니다. 그러니 너무 아쉬워하지 마세요."

"예."

애써 웃고는 있지만 교수님께서 건넨 위로의 말은 김대철이 3월이 가기 전, 삼성동으로 향한다는 것을 아는 내게 아무런 위안이 되지 못했다.

지금이 3월 4일이니 이제는 전과 달리 추측이 아니라 확신에 가까웠다.

"그럼 승민 군의 추리에 대한 제 견해는 다 말한 것 같은데……."

자신의 할 말은 했다는 듯, 입을 떼는 교수님의 모습에 인사를 드리기 위해 자리에서 일어났다.

"왠지 자꾸 승민 군의 이야기가 마음에 걸리네요."

"예?"

"사실 전에 비슷한 일이 있었거든요."

"비슷한 일이요?"

나 말고 이번 사건에 대해서 무언가 말을 한 사람이라도 있던 건가?

"혹시 권창민 사건을 기억하시나요? 97년인가 98년도에 일어난 일이니 모를 가능성이 크지만."

하지만 교수님께서 꺼낸 이야기는 전혀 다른 것이었다.

그때면… 내가 중학교 때 일인데. 기억이 날 리가 없지. 권창민이 누구야?

"그게, 무슨 사건이었는지 들으면 알 것 같긴 한데… 이름만 가지고는 잘 모르겠습니다."

"교도소에서 탈옥해 거의 1년이 넘게 도피 생활을 했던 놈인데, 그리 중요한 건 아니니 몰라도 괜찮아요."

탈옥? 설마 탈옥수 권창민. 아~ 그놈인가… 중학교 시절 도덕을 가르치시던 김광현 선생님께서 녀석과 똑같이 생겨서 별명이 탈옥수였던 게 생각났다.

"아! 누군지 알 것 같아요."

"호오? 의외네요. 승민 군 나이를 따져보면 아마 초등학생 아니면, 중학생 때 일어났을 것 같은데."

탈옥을 했단 말을 듣고 오히려 모르는 게 이상하지.

"아, 조금 사연이 있어서요."

"사연이요?"

그런 궁금한 얼굴로 보면 제가 조금 민망합니다, 교수님. 이건 교수님께서 생각하시는 것과는 조금 다른 이야기라서요.

"그게… 중학교 도덕 선생님께서 권창민을 닮아서 별명이 탈옥수였거든요."

"허! 허! 허!"

…대체 어느 부분이 웃긴 거야?

"저… 교수님, 그런데 권창민 사건 때 무슨 일이 있었는데 비슷하다는 말씀을 하신 건가요?"

"아, 미안해요. 이거 간만에 재미있는 이야기를 들었더니 주책을 떨고 말았네요."

즐거우셨다니 다행이긴 합니다만 이제 희망고문이라면 지긋지긋한 참이라 본론을 말씀해 주셨으면 합니다.

"그 권창민 사건을 해결한 담당 검사가 제 연수생 동기였어요."

갑작스런 교수님의 추억 이야기에 기운이 쭉 빠졌다. 하지만 그래도 일말의 기대를 가지고 그에게 대꾸했다.

"아, 그랬군요."

"예, 그때 6개월 동안 놈을 잡지 못하자 검찰에선 이례적으로 전담반을 꾸렸는데, 거기에 동기 녀석이 포함되어 있었죠. 그리고 녀석에 대해 분석을 한 동기가 상관에게 권창민의 다음 예상 도주 경로를 얘기했지만 결국 받아들여지지 않았죠."

고개를 끄덕이며 그 당시를 회상하던 교수님께서, 진지한 눈으로 나를 바라보는 모습에서 뭔가 결심을 하신 것을 느낄 수 있었다.

"하나, 놈은 동기의 말대로 그곳으로 도주를 했고 결국 권창민을 잡게 된 건 그 후로 8개월이 지나고 나서였지요. 승민 군."

"예, 교수님."

"아무래도 동기 녀석이라면 저와는 뭔가 다른 생각을 할지도 모르니 한번 이야기를 해봐야 할 것 같네요. 내일까지 오늘 저한테 들려줬던 이야기를 정리해서 줄 수 있나요?"

빙그레 웃으시는 교수님의 손을 나도 모르게 덥석 잡으며, 그에게 몇 번이나 고개를 숙였다.

"그럼요! 감사합니다. 교수님……."

"허허, 그놈이 쉽게 움직일 위인은 아니라 그렇게 기대하다간 실망할 텐데……."

그저 손을 놓은 채 잡히기만을 기다리는 것보다야 백배 낫지.

게다가 교수님 연배의 검사라면 사건에 직접적으로 개입을 할 수 있는 인물일 테니, 그런 자에게 전달만 된다면 지금 상황에선 더 이상 바랄 게 없었다.

"괜찮습니다. 그분께 말씀을 해주시는 것만으로도 감지덕지인데요."

"흐음, 이거 승민 군을 보니 제 생각보다 더 이번 사건에 관심이 많았나 보군요."

"그게, 검사가 되겠다는 마음을 먹고 나니 괜히 남일 같지가 않아서요……."

의외라는 얼굴로 묻던 교수님께 변명을 하자 그는 이해한다는 듯 어깨를 두드려 주었다.

"괜찮아요. 오히려 그런 자세가 저는 마음에 듭니다. 그럼 자료는 내일 아침 8시 30분까지 제게 가져와 주세요."

"예, 알겠습니다."

그렇게 교수님께 인사를 하고 방을 나서려는 그때, 불현듯 아무리 그런 사건이 있었다고 해도, 자신이 납득하지 못하는 것을 동기에게 전한다는 게 뭔가 이상하단 생각이 들었다.

"저, 교수님."

"음? 무슨 할 말이라도 남았나요?"

"예, 다름이 아니라 아까 교수님께선 분명 제 말대로 될 가능성이 없다고 하셨는데 갑자기 왜 동기분께 말을 전해주실 생각을 하셨는지 알 수 있을까요?"

질문을 들은 그는 미소를 머금은 채 내게 말했다.

"승민 군과 대화를 나누다 보니, 가끔은 진실이 더 거짓처럼 느껴질 때가 있다던 동기 녀석의 말이 떠올랐거든요. 그래서 확인을 해보고 싶었습니다."

진실이 더 거짓처럼 느껴진다라… 왠지 많은 풍파를 겪었을 것 같은 말을 들으니, 그 동기라는 사람을 한 번쯤 만나보고 싶다는 생각이 들었다.

다음 날, 밤을 새워가며 준비한 문서를 교수님께 제출하고 강의실에 들어서자 문준이 형이 반갑게 인사를 해왔다.

"승민아, 여기."

"안녕하세요, 형."

"그래, 기숙사에서 지낸다고 했지. 어때 괜찮냐?"

"예, 2인실이라 그런지 그다지 불편한 것도 없어요. 같은 방 쓰는 진규 형도 잘 대해주시구요."

"그럼 다행이네. 아, 맞다. 근데 어제 교수님께서 왜 따로 부른 거야?"

문준이 형의 질문에 근처에 앉아 있던 학생들이 이쪽을 힐끔거리는 게 보였다.

"아, 제가 어려서 적응을 잘 못할 것 같으셨는지 그냥 이런 저런 조언을 좀 해주셨어요."

우리의 대화를 듣고 나서야 다시 책으로 시선을 옮기는 사람들을 보니, 번거롭게 교수실까지 오게 해서 미안하지만, 괜한 오해를 받는 것보다는 나을 거라며 웃으시던 교수님의 말씀이 이해가 됐다.

"그래?"

"예, 불편해 죽는 줄 알았어요."

그렇게 김대철에 대한 문서를 드린 지 4일이 지났을 무렵, 인성 검사를 하러 가는 길에 만난 교수님께 동기라는 사람이 긍정적으로 생각하고 있다는 반가운 소식을 들을 수 있었다.

아직 상황을 좀 더 지켜봐야 하긴 했지만 이로써 실낱같은 희망이 생긴 건가.

이번엔 제발 잡혀라. 이 빌어먹을 자식아.

"후… 죽겠다. 공부하기 바빠 죽겠는데 짜증나게 무슨 인성 검사야."

오늘 마지막 일과였던 인성검사를 마치고, 도서관에서 공부할 것들을 챙기기 위해 잠시 기숙사 방에 들렀더니, 같이 생활을 하게 된 2살 위의 진규 형이 공부할 준비를 하며 푸념을 늘어놓았다.

"뭐 어쩌겠어요. 받으라니 그렇게 하는 거죠."

"별것도 아닌 걸로 시간을 뺏으니까 그렇지."

연수원이 아니라 대학교에서 이런 이야기를 들었으면, 그가 오버한다고 생각을 했겠지만 지금은 그의 말이 이해가 됐다.

그만큼 이곳 생활은 빡빡하기 그지없었다. 5시 30분에 수업이 모두 끝나고 나서야 진정한 하루가 시작되니 말이다.

그런 연수생들을 숨 막히게 하는 치열한 경쟁은 어쩌면 수업과도 연관이 있을지 모른다.

나 또한 총 16개의 반이 다 같이 수업을 듣는 것처럼, 단 한 줄의 오차도 없이 정확히 같은 진도를 나가는 강의를 듣고 나서 혀를 내둘렀으니까.

결국 다들 이곳에서 앞서 나가는 방법은 하나밖에 없다는 걸 느꼈겠지.

"뭐 하냐, 안 가? 그러다 도서관 꽉 차서 저번처럼 또 기숙사에서 공부하게 되면 누굴 원망하려고 그래."

"아, 죄송해요. 형."

아직 2년이나 남았다고 생각하자, 문 앞에 서서 기다리는 진규 형의 눈 밑에 내려앉은 다크서클이 오늘따라 유난히 검게 느껴졌다.

* * *

[강남 일대를 공포에 떨게 했던 연쇄살인범이 경찰에 의해 오늘 오후 9시경 체포되었습니다. 체포된 장소는 첫 범행을 저질렀던 삼성동 근처였으며, 체포 당시 그의 가방에선 이전의 범죄에 쓰였던 흉기들이 담겨 있었던 것으로……]

하… 드디어 잡힌 건가…….

지이잉— 지이잉—

"여보세요."

—어, 승민아. 뉴스 봤냐?

"예, 형사님 방금 봤어요. 근데 어떻게 된 거예요?"

삼성동에서 잡힌 걸 보면 교수님께서 말씀하신 동기가 나선 것 같긴 한데…….

—대검 중수부에서 직접 사건을 지휘했다더라. 기가 막히게 니가 말했던 대로 삼성동에서 잠복하라는 지시를 내렸어.

"대검 중수부요?"

교수님, 별거 아닌 것처럼 말씀하시더니 중수부라니요?

—뭐야, 연수원 들어갔다는 놈이 그것도 몰라? 대검찰청 중앙수사부 말이야.

아니, 모를 리가 있나.

검찰총장의 지시를 받아 수사를 진행하는 검찰 권력의 핵심인 부서인데…….

"알죠. 갑자기 생각도 못한 부서 이름이 나와서 그렇죠."

—하긴 나도 동기 놈한테 그쪽에서 수사 지휘를 한다고 들었을 때 검찰이 똥줄이 탔다고 생각은 했는데, 진짜 대단한 양반이 움직였더라고.

"대단한 양반이요?"

—아, 넌 잘 모르겠지만 중수부 수사 2과 과장인데 이정철이라고 이쪽에선 이름만 대면 다 아는 인물이야.

중수부 수사 2과 과장이면 고등 검찰청 부장검사 급아냐?

상상도 할 수 없는 위치의 인물이 사건에 개입했던 건가……

—아무튼 나서서 해결 못 한 사건이 없다는 사람인데 확실히 대단하긴 하더라. 그 사람이 사건 지휘하자마자 삼성동에 인원을 배치하라고 지시하니까, 다른 쪽 인력을 못 뺀다고 윗선에서 난리도 아니었나 봐.

"그런데 어떻게 삼성동에서 잠복을 한 거예요?"

—아, 여러 지역에 협조 공문까지 보내서 삼성동에 배치할 형사들을 차출한 모양이야. 결국 몇 달 동안 질질 끌던 걸 잠복 일주일 만에 일단락내고 대검으로 가버렸지 뭐냐.

"후… 굉장하네요."

—응. 그래도 그런 걸로 따지면 너도 만만치 않지.

"예? 갑자기 그게 무슨 소리예요?"

—무슨 소리긴, 처음부터 끝까지 니 말대로 됐잖냐.

"에이, 저야 뭐 그냥 이렇게 될 거다. 추측만 한 거죠. 그분이랑 비교가 되나요."

—웃기고 있네. 작년에 이미 사건을 꿰뚫어 본 놈이 그런

소리를 하면, 나 같은 놈은 형사 때려 치란 말이랑 같거든?

"어쨌든 이제야 후련하네요. 몇 달을 속을 썩인 건지."

—그래, 니 말이 맞다. 나도 니 말대로 놈이 다시 삼성동에서 사건을 벌이면 어쩌나 그동안 마음 졸였거든.

말은 그렇게 했지만 아직 일러요, 형사님.

우리가 잡은 그놈이 연쇄살인범 장남수가 아니라면, 우리 둘 모두에게 아픈 기억을 다시 꺼내게 만들 싸움이 남았는지도 몰라요.

*　　*　　*

"예, 저희 대검에서 이번 사건을 유심히 지켜보고 있었습니다. 그래서 여기 수사 2과 과장인 이 검사에게 이번 사건을 종결시킬 수 있다는 보고를 받고 즉각 대처를 한 것입니다."

수업이 없는 주말, 잠시 짬을 내 뉴스를 틀자 검찰총장이 교수님의 동기라는 이정철 검사를 대동한 채 기자회견을 벌이고 있었다.

"그럼, 이 검사님. 범인이 다시 삼성동에서 범행을 벌일 것이라는 예측을 한 이유는 무엇인가요?"

이 검사에게 기자가 질문을 던졌지만 검찰총장이 대신 입을 열었다.

"그건 이번 사건이 처음부터 계획된 범행일지 모른다는 판단을 내렸기 때문입니다."

"계획된 범행일 가능성이 있다고 말씀하셨는데요. 특별히 삼성동에서 범행을 벌인 것과 그다지 연관이 있다고 생각되지는 않는데요?"

"검찰은 이 사건이 계획적인 범행이라면, 첫 희생자 선택에 신중을 가했을 거란 판단 하에 눈여겨 본 목표가 더 있을 것이라는 가정을 하였으며, 그렇다면 수사망이 좁혀들수록 삼성동에서 다시 범행을 일으킬 가능성이 높다고 판단했습니다."

검찰총장의 답변에 정말로 범행은 계획되었느냐, 그가 이런 일을 벌이게 된 이유는 무엇이냐는 기자들의 질문이 쏟아졌다.

정말 검찰총장인 그가 그런 생각을 했다면 얼마나 좋았을까.

이정철 검사가 나서지 않았다면 이 끔찍한 살인이 몇 차례나 더 벌어졌을 거란 걸 알고 있는 내겐, 자신의 공인 양 당당하게 말하는 검찰총장이 그저 우스울 뿐이었다.

* * *

"안녕하세요, 교수님."

"아, 승민 군. 그래요."

인사를 하고 지나치려는데, 교수님께서 깜박할 뻔했다는 말씀을 하시며 나를 붙잡으셨다.

"혹시 지금 바쁘지 않으면 잠시 이야기를 나눌 수 있을까요?"

"예, 괜찮습니다."

잠시 후 교수님을 따라 교수실에 도착하자 책상 옆에 놓인 캐비닛에서 무언가를 꺼내셨다.

"이거 받아요."

"이게 뭔가요?"

40㎝ 정도의 길쭉한 종이박스를 받긴 했지만 영문을 알 수 없었다. 그런 내게 교수님께서 씨익 미소를 지으며 말씀하셨다.

"동기 녀석이 감사의 표시라고 전해주라고 하더군요."

"이정철 검사님이요?"

"호? 알고 있었나요?"

"그냥 뉴스에 나오길래 아마 그분일 거라 짐작했습니다."

"그랬군요. 아무튼 그가 미안하다고도 전해달라더군요."

"예?"

오히려 선물은 내가 주고 싶은 이 마당에 그가 미안해할 이유가 없는데?

"검찰총장이 처음부터 대검에서 알고 있었다는 식으로 기자회견에서 답변을 한 게 마음에 걸렸던 모양이에요."

"아니에요. 부족한 제 이야기를 들어주신 것만으로도 감사한데요. 저는 괜찮다고 말씀해 주세요."

"그래요. 그리 전해줄게요. 이거 아직 발도 들여놓지 않았는데, 승민 군이 더러운 모습을 보고 검찰에 실망했을까 봐 걱정했는데 다행이네요."

세상이 다 그런 거지. 어디라고 다를까. 오히려 이 일로 힘이 없으면 아무것도 이룰 수 없다는 걸 알게 된 걸로 족했다.

좀 더 빨리 검사가 되어야 할 이유가 생겼으니까.

교수님과 대화를 마치고 기숙사에 돌아와 종이박스를 열어 보니, 안에는 예상 밖의 물건과 편지 한 통이 들어 있었다.

"음? 술?"

샴페인인가. 축하를 해준다는 뜻인 거 같은데 어디 편지를 읽어 볼까나.

안녕하세요. 고동수 교수의 동기인 이정철이라고 합니다.

이번 사건 해결에 실마리를 준 최승민 군에게 감사하다는 말을 전하고 싶어 이렇게 편지를 쓰게 되었습니다.

정말 감사드립니다. 아, 선물은 승민 군에게 감사의 표시로 보내는 것이니 부담은 갖지 않으셔도 됩니다.

흠, 이걸 받을 자격이 내게 있을지 모르겠군.

* * *

“여러분은 오늘 공소장을 작성하는 기본적인 방법에 대해서 배웠는데요. 이미 알고 있겠지만 법원에선 검사가 공소장에 명시한 죄 이외엔 판단을 내릴 수 없기 때문에 항상 주의해야 합니다.”

검찰 실무 강의를 하던 교수님께서 수업을 마무리 지으려는지 책을 덮으며 말씀하셨다.

“실제로도 특별법으로 가중처벌을 받을 수 있는 범죄자들에 대해서, 일반법만을 검사가 명시하는 바람에 죄가 가벼워지는 경우도 수차례 목격했습니다. 여러분은 그런 실수를 하지 않기 위해 관련 법규를 항상 확인해 보는 습관을 기르도록 하세요. 그럼 다음 시간에 뵙죠.”

강의실을 나서는데, 귓가에 들려오는 심기를 거스르는 처자의 발언에 자연스레 미간엔 주름이 잡힌다.

“야, 막냉아. 이번 주말에 누나가 까까 사줄까?”

“저도 22살이에요. 까까는 무슨…….”

"뭐야? 고거 한마디 들었다고 삐진 거야? 영선아. 얘 좀 봐. 완전 웃겨."

수영 누나가 깔깔대며 함께 도서실로 가던 영선 누나까지 끌어들였다.

"야, 냅둬. 저 나이 땐 다 저래. 뭘 알겠니."

내 나이가 이제 쉰이 다 됐는데… 이 핏덩어리들한테 이런 이야기나 듣고 있어야 하다니.

"그래 봐야 5살 차이거든요."

"어휴, 어디서 젖비린내 나지 않아?"

"그러게."

내 말은 귓등으로도 안 듣는 그녀들의 모습에 머리가 지끈거린다.

"문준이 형! 진규 형! 누나들한테 뭐라고 말 좀 해줘요."

"둘 다 승민이 좀 그만 좀 놀려라. 니들 때매 아주 죽을라 그러잖냐."

할 수 없단 듯 문준이 형이 나섰지만, 그건 우리 둘 모두에게 상처만 입히는 일이 되고 말았다.

"어머, 고새 삼촌한테 이르는 거 봐."

"무섭다. 무서워."

후, 이것들을 진짜…….

젠장, 사법연수원이면 공부나 가르칠 것이지. 왜 MT는 해가

지고 사람을 이렇게 고생시키는지…….

아직도 옆에서 호들갑을 떠는 그녀들을 보니 며칠 전 다녀왔던 MT가 떠오른다.

2년 동안, 아니, 어쩌면 그 후에도 인연을 맺게 될지도 모르는 사람들이란 생각에 먼저 살갑게 다가갔던 것이 화근이 될 줄이야.

일찍 입대를 했다면 군대를 갔다 왔을 나이였지만, 평균 연령대가 높은 사법연수원에선 그저 풋내 나는 꼬마에 불과했다.

"어머, 진짜요? 승민 씨 22살이에요?"

MT에서 같은 조가 됐었던 영선 누나가 신기한 생명체를 보는 눈으로 내게 물었었다.

"예."

"어려보이긴 했어도 이렇게 어릴 줄은 몰랐는데. 진짜 빨리 들어왔네요."

"그런가요? 근데 영선 씨는 나이가 어떻게 되시는데요?"

"전 26이요. 아, 그러면 제가 누나니까 말 편하게 할게요."

"예, 그렇게 하세요. 누나."

"영선아, 무슨 이야기를 그렇게 재미있게 해?"

지금 생각해 보면 다른 조였던 그녀가 너무 자연스럽게 우리 조에 합류했던 게 이상했지만 아쉽게도… 이때는 분위기에 취해 그런 생각을 할 경황이 없었었다.

"아, 수영아."

어쨌든 갑자기 끼어든 수영 누나를 반갑게 맞아준 영선 누나가 내게 그녀를 소개해 주었다.

"승민아, 이쪽은 나랑 기숙사 같이 쓰는 수영이. 서로 인사들 해."

"아, 안녕하세요. 최승민이라고 합니다."

"안녕하세요. 지수영이라고 해요."

그렇게 시간이 흐르고 다들 어느 정도 친해졌을 무렵, 우리 조에서 가장 연장자인 문준이 형이 조원들에게 술을 따라주고 나선 괜히 내 어깨에 팔을 올리며 나를 들먹였었다.

"다들 우리 막내. 많이 챙겨줘."

"예, 오빠. 승민아, 앞으로 잘 지내보자. 나중에 인사 안 하면 죽어?"

"에이, 수영이 누나. 설마 제가 그러려구요. 걱정 마세요."

어쨌든 이날, 술을 위해 태어난 것 같은 미친 인간들 때문에 난 연수생 사이에서 덩달아 같이 유명 인사가 되어버렸고, 결국 막냉이란 별명을 얻게 되었다.

MT를 마치고 돌아오는 버스에서 교수님마저 나를 막냉이라고 불렀으니 뭐, 말은 다 한 거겠지.

“승민아, 다 동생 같고 편해서 그런 거니까 니가 이해해라.”

문준이 형을 위로한 뒤 내게 말을 거는 진규 형에게 고개를 끄덕여 주었다.

사실 민망해서 그렇지 놀릴 때 말고는 이것저것 챙겨주는 누나들이 나 역시 싫지 않았으니까.

“예, 그럴게요. 아무튼 형들 얼른 들어가죠. 오늘 판결서 작성해 오라는 과제 끝내려면 또 밤을 새야 할 것 같은데.”

“하… 진짜, 내가 생각했던 연수원은 이런 게 아니었는데… 이건 뭐, 과제만 하다 끝날 것 같으니. 원.”

* * *

지이잉— 지이잉—

“승민아… 전화 받아라. 이러다 형 죽어… 인마!”

책상에 올려놓은 탓에 드르륵하며 시끄러운 소리가 나자, 침대에서 시체처럼 누워 있던 진규 형이 지친 목소리로 절규를 해왔다.

“죄송해요, 형.”

미안한 마음에 서둘러 핸드폰을 들고 밖으로 나가 전화를 받았다.

“어, 예슬아.”

—왜 이리 전화를 늦게 받아?

토라진 그녀의 목소리가 이렇게 반가울 줄이야.

“미안. 같은 방 쓰는 형이 자고 있어서 밖으로 나와서 받느라 늦었어.”

—그래? 그럼. 어쩔 수 없지. 근데 뭐 하고 있었어?

“그냥 책 보고 있었지 뭐.”

—또?

“그래 또… 보고 있다.”

—많이 힘들어?

지쳐 있는 게 티가 났는지 걱정이 담긴 예슬의 목소리에 괜히 짠해졌다.

“조금? 그래도 지낼 만해.”

—아닌 것 같은데? 아무래도 안 되겠어. 직접 봐야 알지. 연수원 정문으로 나와봐.

“어? 설마 진짜 온 거야?”

—뭘 그리 놀래? 힘드니까 빨리 나와.

그녀의 말에 서둘러 정문으로 나가자 정말로 예슬이가 꽃단장을 하고 서 있었다.

“안녕……?”

갑작스런 예슬이의 방문에 너무 놀라 말문이 막혀 있는 모습을 본 그녀가 서운한지 토라졌단 듯 고개를 돌렸다.

"뭐야? 안 반가워? 반응이 왜 그래?"

"아냐, 당연히 반갑지. 너무 놀라서 그래. 근데 갑자기 여기까진 어쩐 일이야?"

"다음 달엔 시험 준비해야 돼서 만날 시간도 없다며, 그래서 미리 온 거지. 뭐, 됐어. 그냥 갈래."

"야, 가긴 어딜 가."

단단히 삐친 듯한 예슬이를 달래고 있는데 뒤에서 익숙한 목소리가 들려왔다.

"에휴, 남자가 참 무드도 없고, 재미없네."

"윤세나?"

이 계집애가 여긴 왜 왔어? 또 무슨 일을 벌이려고…….

"왜? 예슬이 혼자 온 게 아니라 서운해?"

"아니, 친구가 왔는데 그럴 리가 있나."

내 말에 가당치도 않다는 듯 세나 씨께서 코웃음을 치신다.

"근데 왜 내 눈엔 짜증이 난 걸로 보일까?"

"됐다. 내가 넌 줄 아냐. 둘 다 오느라 고생했을 텐데 일단 뭐 좀 먹자."

그렇게 반가운 그녀들과 함께 택시를 타고 시내로 향했다.

"꼴이 말이 아니네? 판다가 친구 하자고 그러겠다."

카페에 들어가 간단하게 음료를 주문하고 앉자, 예슬이 안쓰러운 눈빛으로 내 눈가를 매만졌다.

“나만 그런가… 다 그런데 뭐. 그리고 2년만 참으면 돼.”

그런 우리의 모습을 보던 세나가 못 볼 꼴을 본다는 듯 고개를 절레절레 흔드신다.

“아휴… 어떻게 떨어져 지내신데?”

시열이 녀석 면회나 가지. 그러게 왜 커플들 사이에 끼여서 난리야.

“후… 야, 윤세나. 알 만한 사람끼리 왜 이래?”

“알아. 그냥 한 번 해봤어. 묻고 싶은 것만 묻고 불청객은 사라져 줄 테니까. 나 뭐 좀 알려줘.”

“갑자기 뭔데?”

“편지 좀 쓰려고 하는데 군대엔 처음 써보는 거라 물어보려고.”

윤세나가 편지를? 내가 지금 꿈을 꾸고 있는 건가?

“선임들한테 잘 보이려면 어떻게 하는 게 좋을 것 같아?”

“뭘 어떡해? 안 보내는 게 제일이지.”

너무 놀란 나머지 나도 모르게 진심이 입 밖으로 튀어나왔다.

“…뭐?”

“야, 장난이야. 웃자고 한 말에 왜 죽자고 달려드냐?”

서둘러 변명을 늘어놓자, 시열이 녀석이 황당한 말실수를 했을 때처럼, 세나 씨께서 어이가 없단 듯 노려보고 있었다.

"재미없으니까, 대답이나 해."

"그래. 세나가 얼마나 걱정하고 있는데, 너무한 거 아냐?"

"알았어. 미안해. 근데 윤세나, 시열이한테 보낼 거면 그냥 보내면 되지. 뭐 하러 부대 선임들까지 신경을 써."

짧게 한숨을 내쉬며 그녀가 말했다.

"애가 힘들어 해서 그래. 편지 보내면 또 뭐라고 할 것 같데."

지랄을 하시네. 하긴, 현성이면 모를까 시열이 녀석이라면 당연한 건가… 음? 가만, 이 자식 혹시 괴롭힘 당하고 있는 거 아냐?

"혹시 맞거나 그랬데?"

"그런 건 아닌데, 많이 혼나나 봐."

휴… 난 또 뭐라고… 이제 이등병인데 당연히 그렇겠지.

그건 그렇고 오히려 시열이 녀석한테 군 생활이나 열심히 하라고 할 줄 알았더니 남친이라고 챙길 줄도 알고 의외네. 어디 도움이나 줘볼까나.

"원래 이등병 때는 다 혼나. 괜히 시열이 녀석이 혼자 쫄아서 그래. 그냥 보내도 돼. 정 마음에 걸리면, 시열이 분과 고참들 계급이랑 이름 받아서 걔네 거까지 보내."

"편지를?"

내가 왜? 하는 세나의 눈빛을 보니, 시열이랑 만나다 바보병까지 옮은 건 아닌가 싶다.

"그래. 그냥 조그만 포장지에 시열이 잘 부탁한다는 인사말 2줄 정도 쓰고 과자나 몇 개 넣어서 보내. 그럼 지들도 받았는데 뭐라고 하겠냐."

"효과는 있는 거야? 괜히 더 혼나는 거 아냐?"

미심쩍은지 눈을 가늘게 뜨고 보는 꼴하고는.

"군인들은 원래 단순해서 그냥 뭐라도 받으면 좋아해. 딴 거 없어."

군복무 시절 직접 겪었던 일이니 내무실에 이상한 또라이만 없다면, 예쁨까지는 몰라도 적어도 찍히는 일은 없을 거다.

"흐음… 근데 너 아직 군대 안 갔잖아?"

이 웬수 같은 계집애야. 그럴 거면 대체 뭐 하러 여기까지 내려 온 거냐……?

"졸업하면 군대에 가야 되냐고 놀리던 연수원 형이 자기 여자 친구가 이랬다고 자랑처럼 늘어놓던 거니까, 확실할 거야. 그리고 못 믿겠으면 그냥 하지 마."

"그래? 그럼 맞는 말이겠네."

어련하시겠냐…….

"무슨 말이야? 연수원 졸업하면 어딜 간다고?"

그러나 안심을 하는 세나와 반대로 나를 바라보는 예슬의 눈빛이 예사롭지 않았다.

"어? 예슬아, 그게……."

어디 뚫린 입으로 한번 떠들어 보라는 듯이 팔짱을 낀 채, 노려보는 그녀의 모습에 오늘 하루도 순탄치 않을 것 같다는 느낌이 들었다.

윤세나. 가는 게 있으면 오는 게 있어야 되지 않겠냐… 어이 갑자기 왜 일어나는 건데?

"군대 가는 거 좀만 미루면 안 돼? 시험 보느라, 연수원 생활하느라 자주 만나지도 못 했는데……."

입대라는 폭탄을 던지고 자리를 뜬 세나 덕분에 한 시간이 넘게 예슬이를 설득하느라 애를 먹어야 했다.

그런데도 아직까지 이야기를 꺼내는 걸 보면 군대에 가야 된다는 것이 탐탁지 않은 모양이다.

"어차피 가야 하는 건데 그냥 빨리 갔다 오는 게 나아. 그리고 장교로 가는 거라 시열이나 현성이랑은 달라."

"다르긴 뭐가 달라. 그래 봤자 군인이잖아."

하… 예슬의 눈엔 다 똑같은 군인일 뿐이니 뭐라고 설명을 해야 할지.

"나중에 겪어보면 뭐가 다른지 알게 될 거야. 너랑 만날 시간도 많을 테고 경력도 인정받아서 검사가 되면 초봉도 높게 받으니까, 니가 이해 좀 해줘."

옆에 누워 있던 그녀가 서운한 마음을 감추려는 듯 아무 말 없이 나를 끌어안아 왔다.

참 나, 예슬이와 이런 관계가 될 것이라고는 생각도 못 했는데, 이젠 이런 이야기까지 나누는 사이가 될 줄이야.

그러나 그녀와 사귀고 나서 이미 겪어봤기에, 뻔할 것이라고 생각했던 모든 것들이 새롭게만 느껴졌다. 사랑이란 참 오묘하단 말이야.

*　　　*　　　*

예슬과 데이트를 한 지도 벌써 2달이 지났다. 예슬과 통화할 시간도 없을 정도로 바쁘게 지내는 사이 첫 시험을 치렀다.

처음 시험이었고, 직접 고른 전공과목들과 영미법에 대한 것들이라 어렵지 않게 풀 수 있었지만 이건 시작에 불과했다.

6월에 남은 강의 평가를 받고 나면, 7일 간 치러지는 본시험이 남아 있었으니까 말이다.

"후… 장난하나 진짜. 이럴 거면 여름방학을 하지 말고 그냥 널널하게 시험을 보든가……."

비단 여름방학뿐만 아니라, 달마다 잡혀 있는 체육대회에 음악회 관람까지 문화생활을 즐기며 숨을 돌리라는 취지는 이해를 하겠는데, 사실 그다지 도움이 되지 않는 게 문제라면 문제였다.

웬만한 깡다구가 아니면 불안한 미래에 대한 걱정 속에서 그것들을 즐길 여유를 가진 이가 있을 리 없으니 말이다.

"이렇게 빡세게 보는데 이번 시험이 15퍼센트밖에 반영이 안 된다니."

2학기 시험은 얼마나 어려울지 상상도 안 된다. 그래도 1학기 강의가 끝난 것에 만족을 하며, 도서실로 향하는 내 모습을 보니 이 생활도 조금은 익숙해졌나 보다.

지이잉— 지이잉—

음? 수찬 선배?

반이 다른 탓에 3달 동안 전화 통화만 몇 번 했었던 선배였다.

그런 선배가 웬일로 시험 기간에 전화를 다 했을까?

"예, 선배님. 안녕하세요."

—그래. 잘 지냈냐?

축 늘어진 선배의 목소리를 들으니, 이 양반도 고생이 이만저만이 아니었나 보다.

"글쎄요… 죽겠네요. 시험 끝나고 강의평가 받다가 또 시험 준비하랴. 몸이 열 개라도 모자랄 지경이에요."

—누군 안 그렇겠냐. 근데 뭐 하냐?

"아, 도서실 가는 중이에요. 선배님도 같이 가실래요?"

—얼씨구? 여태껏 연락도 없던 놈이 꼴랑 한다는 이야기가 그게 다야?

선배님? 그동안 제가 연락을 했던 걸로 기억하는 데요…….

"에이. 선배님 말이 나와서 그런데 그건 아니죠. 그동안 제가……."

—몰라. 할 거 많으니까 그런 이야기는 만나서 하자. ABD 복사집 알지? 거기로 나와.

"예? 지금요?"

—어. 나 지금 거기니까 기다리게 하지 말고 얼른 와. 아, 맞다. 그리고 승민아 가방 비워 와라.

뭐지? 시험 기간에 뭘 하려고 이러는 거야?

"그럼 거기서 봬요. 선배님."

기다린다는 선배의 말에 서둘러 연수원 본관 후문에 위치한 복사집으로 향하자 주위를 두리번거리는 선배의 얼굴이 보였다.

"선배님!"

반가운 마음에 나는 듯 달려가자, 그가 징그럽다는 듯 손을 휘저었다.

"힘들어, 인마. 더워죽겠으니까 좀 떨어져."

까칠하게 내뱉은 말과 달리 그의 입가에도 미소가 맺혀 있었다.

"반가워서 그렇죠. 아니면, 같이 도서실에 다니자고 할 때, 그랬으면 제가 이럴 일도 없잖아요."

"친한 놈들끼리 모여서 공부해서 좋은 꼴을 못 봤어. 따로 공부하는 게 서로 돕는 거다."

뭐, 선배의 말이 이해가 안 되는 건 아니니 이 정도로 넘어가야겠지.

"근데, 무슨 일로 부르셨어요?"

"일단 이거나 받아서 가방에 넣어."

음? 선배가 건네준 무게가 제법 나가는 종이 더미를 받자, 지금 막 복사를 마쳤는지 온기가 느껴졌다.

"이게 뭐예요?"

"뭐긴 뭐야. 프린트 물이지. 말이 조금 길어질 것 같은데 어디 좀 앉아서 이야기 하자."

흠… 대충 뭔지는 알 것 같긴 한데…….

"예. 그럼 연수원 벤치에 앉아서 이야기 하죠."

시험 기간이라 그런지 한적한 연수원 본관 벤치에 앉자 드디어 그가 내 가방을 툭툭 치며 입을 열었다.

"그거 구하느라고 며칠을 고생했는지 몰라, 자식아. 너니까 주는 거야."

"이게 뭔데요?"

"궁금하면 직접 보면 되잖아."

작년, 재작년도 연수원 기출문제? 이걸 어떻게? 너무 놀라 선배를 보자, 그럴 줄 알았다는 듯 우쭐한 선배의 얼굴이 보였다.

"선배! 대체 어떻게 구하셨어요? 저도 구해보려고 했는데 구하기 쉽지 않던데요."

흥분으로 떨리는 내 목소리가 말해주듯 이건 정말 하늘에서 동아줄을 내려준 것과 같았다.

"후, 이번 시험 끝나고 나서 발품 좀 팔았지. 덕분에 별짓을 다했다."

문제 유형을 몰랐기에 어떤 식으로 공부를 해야 할지 난감한 상황이었는데 선배 덕에 이제야 한시름 놓을 수 있을 것 같다.

"뭐, 니 성격에 혼자 보진 않겠지만, 그래도 될 수 있으면 너만 봐라."

그래도 후배라고, 많은 고민을 하다 이렇게 챙겨준 그를 생각해서라도 그럴 생각이다.

뭐, 그동안 많이 도와준 사람들과는 공유를 해야겠지만…….

"예. 정말 감사드려요. 선배. 이 은혜를 어떻게 갚아야 할지."

"쑈하지 마, 자식아. 징그러워. 나중에 웃는 얼굴로 군대나 같이 가자."

으음… 군대를 웃으면서 가는 건 아무래도 조금 어렵지 않을까요. 하여튼 이래서 미필들이란…….

"어디 갔다 왔길래 이렇게 늦게 왔냐?"

도서실에서 공부를 하다 잠깐 쉬고 하자는 문준이 형들의 말에 자판기 앞에 도착하자, 수찬 선배와 대화를 나누느라 조금 늦은 내게 질문이 쏟아졌다.

"시험 기간에 자리 맡는 게 쉬운 줄 알아? 나니까 한 거야."

어련하시겠어요. 수영 누나, 나도 평소 같았으면 성질 사나운 누나 옆엔 안 앉아요. 자리가 없으니까 앉았지…….

"뭐야? 그 아니꼽다는 시선은?"

어허, 이 처자가 지금 누구한테 막말을…….

"별건 아닌데, 뭐 좀 받아오느라고 늦었어요."

평소와 달리 느긋하게 말을 하자, 심기가 불편해졌다는 걸 알려주려는 듯 형들과 누나들의 미간이 하늘로 향했다.

"작년이랑 재작년 기출문제라고 하면 아실라나?"

"어? 승민아. 진짜? 다 같이 구하려다 결국 포기했던 거잖아."

이거야 원, 그 침착하던 영선이 누나가 놀라는 모습을 보게 될 줄이야.

"그랬죠. 근데 지금 그게 저한테 있다는 거죠."

그 말에 약속이라도 한 듯 순한 양으로 변한 그들이 내 어깨를 토닥거렸고, 나이가 많은 만큼 눈치가 빠른 문준이 형의 손은 평소 먹던 이백 원짜리 커피가 아닌 천 원짜리 음료수 버튼으로 향하고 있었다.

"수영이 누나. 그렇게 몰래 들어가셔도 소용없어요. 기숙사에 놓고 왔거든요."

"흐음… 아니야… 내가 뭘… 그냥 여기 벌레가 있는 것 같아서 잡으려고 그랬지."

으이구. 벌레라면 호들갑을 떨던 누나가 저러는 걸 보니, 그동안 놀린 게 찔리긴 한 모양이다.

"어쨌든 그냥 그렇다고요. 그럼 다시 공부하러 가죠?"

"에이. 승민아, 머리 좀 식히고 들어가자. 응? 형 머리에서 김 올라오는 거 안 보여?"

음료수 캔까지 직접 따서 가져다주는 문준이 형을 보니, 동생의 장난을 받아주려고 그러는 것은 알고 있으면서도 씁쓸한 건 어쩔 수 없었다.

장난은 여기까지 할까. 사람 마음을 가지고 노는 건 아무래도 체질이 아닌 것 같다.

"그럼, 머리 좀 식힐 겸 복사나 하러 갈까요?"

그제야 안절부절 못하며 이쪽을 보던 이들의 얼굴에 환한 미소가 떠올랐다.

* * *

"잘 봤다니 다행이네요."

오랜만에 웃는 그를 보니 나까지 기분이 좋아진다.

"이야~ 승민아 진짜, 니 덕에 살았다."

거의 비슷하게 나왔다고 해도 과언이 아닌 기출문제 덕분인지, 7일간 치러진 시험을 본 사람이라고는 믿기 어려울 정도로 진규 형의 얼굴엔 활기가 가득했다.

"막냉아, 오늘 누나가 한턱 쏠게!"

"내일이 전체 강의 평가예요. 뭘 쏴요 쏘긴."

어느새 옆으로 다가와 활짝 웃는 수영 누나에게 핀잔을 주자, 그녀가 금세 산통 깼다는 얼굴로 노려본다.

"그냥 좀 받아주면 덧나? 하여튼 눈치라고는 눈곱! 만큼도 없어요. 안 그래 영선아?"

"미안, 난 오늘은 승민이 편."

"주영선… 너……."

믿었던 영선 누나가 배시시 웃자, 수영 누나의 심술보가 발동하려는지 입가가 실룩거리고 있었다.

할 수 없나. 하여간 정말 누가 어린지 모르겠네.

"누나가 정 원하시면 내일 강평 끝나고 쏘세요."

"됐어. 기차 떠났네요! 베에~"

"수영아, 아무리 그래도 그게 뭐냐."

문준이 형이 기가 차다는 듯 한마디 했지만, 수영 누난 그의 말을 듣지도 않은 채 억지로 영선 누나를 끌고 강의실을 나서고 있었다.

하, 나이는 스물여섯이나 먹은 처녀가 저리 방정맞아서 누가 데려갈꼬…….

"그럼, 다들 내일 봐요~ 아! 승민아, 고마워. 그 선배한테도 고맙다고 전해주고."

이런 일이 한두 번이 아닌 탓인지 영선 누난 여유롭게 뒤를 돌아보며 인사를 해왔다.

"예, 누나. 그럴게요. 그럼 들어가 보세요."

잠시 후 그녀들이 떠나자 문준이 형이 그제야 본심을 이야기 해왔다.

"하여튼 수영이 저거 때문에 정신이 하나도 없다."

"에휴. 형, 수영이 누나가 저러는 게 어디 하루 이틀인가요. 우리도 이만 가죠."

이런 대화를 할 수 있는 것도 모두 시험을 잘 본 덕분이겠지. 어쨌든 사법연수원에서 치러진 첫 시험은 이렇게 무사히 끝이 났다.

띠리리— 띠리리—

—여보세요. 어, 그래 승민아. 시험은 잘 봤냐?

"예, 선배님. 덕분에 잘 봤어요. 같이 공부하는 사람들도 다 고맙다고 전해달래요."

—민망하게, 뭘 그런 걸 이야기했어. 그래도 잘 봤다니 다행이네.

이래서 이 양반을 싫어할 수가 없다니까.

"선배님은요? 잘 보셨어요."

—어. 나도 잘 봤어.

"시험 문제 보니까 이번에 선배님께 못 받았으면 고생깨나 했을 거 같아요. 원래 공부하려던 범위랑 완전히 달라서 놀랐거든요"

—자식. 이번 시험 잘 봤다고 너무 긴장 늦추지 마. 선배들 말로는 2학기 시험이 진짜배기래. 무조건 민사, 검찰, 형사 쪽을 집중적으로 파라니까 그렇게 하고.

"예, 그럴게요."

민사, 검찰, 형사를 집중적으로 공부하라던 선배의 말을 들으니, 역시 연수원이란 생각이 들었다. 아무래도 판사와 검사

육성이 목적이겠지. 안 그러면 월급까지 주면서 이렇게 연수를 시킬 이유가 없었다.

—그래. 알아서 잘 할 테니, 너무 걱정하는 건가. 그럼 방학 잘 보내라.

"예, 선배님도요."

이틀 뒤면 방학인가. 뭐 어차피 2주 정도는 법률봉사다 뭐다 해서 실질적으론 30일 정도 쉬는 거겠지만, 지금은 쉴 수 있다는 것만으로도 족했다.

* * *

땡볕이 내리쬐는 7월 중순, 오늘로 마지막인 강동구청에서의 무료법률 상담을 마치고, 2월에 재투자를 하고 묵혀놓은 S전자의 주식이 얼마나 올랐나 보기 위해 PC방으로 향했다.

"이게 뭐야……?"

PC방의 시원한 에어컨 바람에 몸을 식히며 주식을 확인한 나는 눈을 의심해야 했다. 주식을 구입하고 5달이나 지났으니, 어느 정도 올랐을 거란 예상과 달리 반 토막이 나버린 주식 때문이었다.

아니, 대체 무슨 일이 있었던 거야?

서둘러 인터넷 창을 열어 무슨 일인지 검색을 해보자, 답이 나왔다.

4월 말에 중국 은행들이 신규 대출을 동결했던 건가.

차이나 쇼크라. 어떻게 연수원 들어가고 얼마 안 있어서 바로 터뜨리냐, 망할 놈의 짱개 새끼들. 타이밍도 좋네…….

이거 이러다 방학 끝날 때까지 내려가는 거 아냐?

지이잉—

[일 끝났어? 오늘 별전인가 뭔가 같이 보러 가자며, 왜 연락이 없어?]

이런… 오늘 예슬이랑 원석이 경기 보러 가기로 했었지. 뭐 그딴 걸 보냐던 걸, 친구 경기라고 간신히 설득해 놓고는 주식 때문에 홀랑 잊어버렸구만.

[미안. 일이 조금 있어서 늦게 끝났어. 너 데리러 가면 늦을 거 같으니까 용산역에서 만나자.]

[씨… 그러면 미리 문자를 주던가. 괜히 기다렸잖아.]

[미안해. 대신 32에서 아이스크림 사가지고 갈게. 뭐 먹고 싶어.]

[체리 주글래.]

…꼭 그렇게 화난 티를 내야겠냐.

[그래. 그걸로 사갈게.]

“많이 기다렸지?”

서둘러 아이스크림을 사서 용산역에 도착하자, 예슬이 구두로 바닥을 톡톡 치며 따가운 눈빛을 보내왔다.

“아니, 문자 오기 전까지 20분 서 있고 여기서 또 10분 정도 기다렸나. 괜찮아~ 그럴 수도 있지 뭐.”

하아, 예슬아. 안 그래도 오빠 힘들어. 지금 4천만 원이 하늘로 날아갔어…….

“일 때문에 그런 거니까 좀 봐줘라. 이거 봐. 너한테 미안해서 제일 큰 걸로 사왔잖아.”

32에서 사온 통을 보이며 어색하게 숟가락을 흔들자, 그녀가 어쩔 수 없단 듯 건넨 수저를 받았다.

“에휴, 어쩌겠어. 착한 내가 참아야지. 7시에 친구 경기라며, 가자.”

“어.”

“그리고 다음부턴 이런 일 있으면 미리 연락해.”

눈을 흘기며 말을 하는 예슬에게 고개를 끄덕였지만, 별로 믿는 눈치는 아닌 것 같다.

어쨌든 우여곡절 끝에 E스포츠 경기장에 도착하자, 별전의 인기를 알려주듯 내부엔 이미 많은 사람으로 가득 차 있었다.

"예슬아, 저기 앉으면 되겠다."

"어? 그래."

생각보다 사람이 많은 것에 놀랐는지 멍해 있는 예슬을 데리고 빈자리에 앉았다.

자리를 잡고 얼마 지나지 않아 경기가 시작됐지만 별 관심 없는 예슬은 하품을 하며 내게 물었다.

"하암… 친구 이름이 방원석이라고?"

"어. 고향 친구라서 현성이랑 시열이도 알아."

"그래? 이렇게 경기까지 보러 올 정도면 꽤 친했나 봐?"

글쎄 겨우 한 번 만났었던 것뿐이라, 친했다고 하기엔 좀 무리가 있을지도 모르겠는데.

"음, 아마 난 친했다고 생각하는데 원석인 내가 인사해도 모를지도 몰라."

"뭐? 그게 뭐야?"

"사실은 고등학생 때 이 별전이라는 게임 한 판 같이해 본 사이라서……."

"하아, 그걸……."

"예슬아, 짜증난 건 알겠는데 조금 진정하는 게 어때?"

너 같으면 지금 상황에 그럴 수 있겠냐 눈빛으로 쏘아보는 예슬에게 손가락으로 한쪽을 가리켰다.

"왜? 말을 해, 답답하게 뭐 하는……."

대형 전광판에 비친 자신의 모습에 예슬은 말을 잃었다.

그래서 내가 진정하라고 했잖냐.

—아, 윤형민 캐스터. 저게 지금 무슨 상황인가요? 경기를 보러 왔으면 경기에 집중해야죠.

흔치 않은 광경을 카메라가 잡자, 게임 캐스터들이 그것을 놓치지 않고 이야기를 풀어나갔다.

—안 봐도 뻔하죠. 남자친구가 '오빠랑 좋은 거 보러 갈까?' 하면서 억지로 데리고 온 모양이네요.

—허, 제가 진행을 하긴 하지만 저라도 저 여성분이면 화가 날 거예요. 솔직히 애인이 별전 구경을 오자고 하면, 화낼 만하죠. 커플들은 솔직히 갈 곳이 많거든요. 이런 델 오는 건 말이 안 돼요. 주변 방청객들 표정 봐요. 이미 썩어 있어요.

—그것보다 저 여성분 다음 말은 뻔하죠?

—뭔가요?

—자기야, 우리 헤어져!

자기들끼리 뭐가 그리 좋은지 박장대소를 하는 그들의 대화를 듣던 예슬은 새빨갛게 달아오른 얼굴로 조용히 속삭였다.

"최.승.민 씨, 여기까지 왔으니까 보긴 하겠는데… 지금 장난 아냐. 이따가 진짜 저 말 할지도 몰라."

젠장, 마라도 끼었나. 오늘 하루 왜 이리 재수가 없는 건지 모르겠다. 원석아, 제발 이겨라.

만약에라도 지면 형이 난입할지도 몰라…….

—드디어 오늘의 메인 경기라고도 볼 수 있죠, 괴물 처그 지상만 대 천재 프로스 방원석 둘 다 지금까지 무패로 올라와서 이 경기가 더욱 팬들의 관심을 받고 있는 경기죠.

메인 캐스터의 말에 전문 해설위원이 맞장구를 쳤다.

—맞습니다. 한국의 e스포츠 팬들의 밤잠을 설치게 만든 바로 그 경기죠.

—그럼, 지금부터 2004년, 미리 보는 000배 별전리그 결승전이라고 해도 과언이 아닌 지상만 대 방원석의 경기가 시작됩니다!

그렇게 캐스터의 말이 끝나고 경기가 시작됐다.

과연 누가 이기게 될까. 당연히 원석이 이기길 바라는 지금 이 순간 손은 긴장으로 축축해졌다.

경기를 보며 흥분하는 것이 대체 얼마 만일까.

하지만 곧 그런 기분을 산산조각 내는 예슬의 말이 들려왔다.

"누가 니 친구야? 둘 다 괴물이라 모르겠어."

"저기 덜 못생긴 애들이 원석이가 조종하는 애들이야."

"으음, 뭔 말인지 알겠어."

그리고 10분이 조금 넘게 지났을 무렵, 드디어 서로의 전체 병력이 맞붙는 순간이 찾아왔다.

"어머! 어떡해, 괴물들이 이기겠네!"

아직 싸움은 시작도 안 했건만 원석의 병력보다 숫자가 많은 지상만의 저그 유닛을 본 예슬이 걱정이 됐는지 큰 소리로 외쳤다.

"괜찮아. 아직 몰라, 붙어 봐야 아는 거야."

"그래……? 그래도 너무 차이 나는 거 아냐?"

그녀의 질문과 동시에 둘의 대규모 병력이 전면전을 펼쳤고, 지상만의 우위 속에 끝날 것 같던 전투는 기습적인 리버 투입으로 결국 원석의 승리로 돌아갔다.

"승민아, 니 친구가 이긴 거야?"

"어. 지금 일어나서 손 흔들고 있는 쟤가 원석이야."

뭔지 모르겠지만, 그저 내 친구가 이겼다는 것에 미소를 짓고 있는 예슬에게 고개를 끄덕여 주는 사이, 이 승기를 놓치지 않은 원석은 그대로 적의 본진을 밀어버렸다.

그렇게 경기는 별전 사상 유래 없는 초유의 라이벌 전이라는 캐스터의 소개가 무색할 정도로 어이없게 막을 내렸다.

"전 경기는 엄청 길었는데, 니 친구가 잘하긴 하나 봐. 되게 금방 끝난 걸 보면."

"글쎄, 운도 조금 따른 것 같아. 상대도 만만치 않은 사람이었으니까."

말과는 달리 빨리 일어나자는 예슬의 눈빛에 말을 하며 자리에서 일어나고 있을 때였다. 원석이 내게 손짓을 해온 것은.

'밖에서 기다려. 승민아.'

다행히 그리 멀지 않은 경기석이었기에 그의 말을 알아들을 수 있었다.

"나가자."

"응. 후딱 나가자. 다들 우리만 보는 것 같아……."

드디어 흥미도 없는 이곳에서 벗어난다고 생각했는지, 예슬의 얼굴엔 웃음꽃이 피었다.

"뭐야. 가자며?"

그러나 밖으로 나와 내가 멈춰 서자, 그녀가 궁금한 듯 물었다.

"아, 원석이가 기다리라네."

"어? 뭐야. 너 알아본 거야?"

"응, 모를 줄 알았는데, 아까 손짓하더라."

"그래? 팬한테 그런 거 혹시 착각한 거 아냐?"

"아니야. 밖에서 기다리라고 했어."

아무래도 미심쩍다는 얼굴로 예슬이 문을 바라보고 있었다.

그렇게 몇 분이 지났을까?

우주복같이 요상한 별전 프로게이머 유니폼을 입은 원석이 녀석이 내게로 다가왔다.

"승민아, 오랜만이다."

신명고로 전학가기 전이니까 5년 만인가?

"그러게. 반갑다 원석아. 그래도 용케 나인 줄 알았네."

"전광판에 그렇게 또렷하게 나왔는데 모를 리가 있나."

차라리 모르고 넘어가지 그랬냐…….

"그랬냐……. 하, 이거 참 못 볼꼴을 보였네."

"아냐, 덕분에 이렇게 너도 보게 됐는데."

웃으려면 시원하게 웃던가.

결국 웃음을 참는 원석의 모습이 예슬의 심기를 건드렸는지, 표정이 심상치 않았다.

"됐다. 그 이야긴 그만하자. 그것보다, 이쪽은 아까 봤겠지만 내 여자 친구 김예슬."

"안녕하세요. 전 승민이 고등학교 동창 방원석이라고 합니다."

"아, 안녕하세요. 오늘 승리한 거 축하드려요."

예슬과 인사를 나눈 녀석이 어색한지 괜히 머리를 긁적이며 한마디 했다.

"감사합니다. 승민아, 여자 친구 분 예쁘게 생기셨다."

"어머! 아니에요……."

얼씨구? 이건 또 뭐야. 가식적인 둘의 모습에 기가 찼지만 일단 장단을 맞춰주기로 했다.

"당연한 거 아냐?"

그런 내가 부끄러웠는지 예슬이 고양이 주먹을 쥐고 어깨를 살짝 밀었다.

"야아, 민망하게 왜 그래?"

아냐. 너 지금 전혀 그렇게 보이지 않아…….

"알았어."

"승민아, 혹시 저녁 안 먹었으면 같이 저녁이나 먹을래?"

우리의 모습을 지켜보던 원석이 녀석이 못 볼 걸 봤다는 듯한 얼굴로 한숨을 쉬며 물었다.

데이트도 할 겸 예슬이와 둘이 저녁을 먹으려 했지만, 오랜만에 본 친구 녀석과 대화를 나누고 싶은 마음에 예슬을 보자, 어쩔 수 없다는 듯 살짝 고개를 끄덕였다.

"그래. 근데 너 그 복장으로 가게?"

"설마… 갈아입고 나올 테니까, 좀만 기다려."

잠시 후 옷을 갈아입고 나온 원석과 근처의 레스토랑으로 향했다.

"야, 방원석. 이 자식, 작년에 우승하더니 돈 좀 벌었나 봐?"

"조금? 그리고 언제 또 볼지 모르는데, 이럴 때 돈 안 쓰면 되겠어?"

여전히 모범생같이 뿔테 안경을 쓴 원석이 환하게 웃으며 말했다.

"그래도 얻어먹기 조금 미안해서 그렇지."

"너 아니었으면 이 길로 오지도 못했어. 마음껏 시켜."

"그게 무슨 말이에요?"

예슬이 그의 말에 의아한 듯 물었다.

"어라. 승민이가 말 안 했나 봐요? 저한테 프로게이머가 되라고 추천해 준 게 저놈이거든요."

"별거 아냐. 그냥 재가 우리 학교에서 제일 잘 했어. 그래서 말한 거야."

"으응……."

궁금해하는 예슬에게 답을 해주고 있는데, 원석이 어처구니없다는 듯 말했다.

"예슬 씨, 저놈 말 믿지 마요. 우리 학교에서 제일 잘 한 건 제가 아니라 저놈이에요. 그런 자식이 저한테 이겨놓고선 한다는 말이 프로게이머 되면 괜찮을 것 같다는 말이었거든요. 지금 생각하니까 진짜 어이가 없네……."

"뭐, 사실 내가 잘하긴 했지."

어깨를 으쓱이며 히죽 웃자 옆에서 예슬이 원석이 몰래 옆구리를 찔러오며 속삭였다.

"적당히 하지? 창피하다 진짜."

그녀에게 알겠다는 뜻으로 고개를 끄덕인 걸 본 원석이 녀석이 오해를 했는지, 어금니를 꽉 물며 내게 물었다.

"이렇게 만난 거 한번 붙어볼래?"

"흐음, 됐다. 어떻게 널 이기겠어?"

능청스럽게 말하며 원석을 쳐다보자, 녀석이 고개를 저었다.

"에휴, 여전하구나. 그래도 볼 수 있을 거라고 생각도 못했는데, 얼굴 보니까 좋다."

"그러게, 나도 사실 니가 못 알아볼 줄 알았는데, 알아봐 줘서 고맙다야."

"무슨 소리! 정동에서 최승민이 모르면 간첩이지."

"응? 그건 또 뭔 소리예요?"

"아, 우리 동네에 승민이 합격했다고 대형 플래카드가 걸렸거든요."

후, 그놈의 플래카드…….

"너도 봤냐?"

"어. 흐흐흥, 못 보는 게 이상한 거 아니야? 이번에 선생님들께 인사드리러 갔는데 정동 중학교에도 걸려 있던데?"

"말도 마라……. 안 그래도 얼마 전에 윤석중 선생님한테 전화 왔었어."

"진짜? 뭐라고 하셨는데?"

"애들한테 어떻게 공부했는지 특강 좀 해달라는데, 이제 시작인 놈이 무슨 할 말이 있겠냐? 그래서 죄송하다고 했어."

"하하하, 그래도 선생님들이 니 이야기 많이 하시던데 그냥 한 번 하지 그랬냐."

"나중에 원하는 대로 검사 되고 나서……. 다시 연락이 오면 모를까. 지금은 아닌 것 같아."

"말 들어보니까 잘 지내고 있는 것 같네."

원석의 눈에서 뭔가 부러워하는 것 같은 느낌을 받았다.

"너야말로 잘 지내고 있는 거지? 나야, 아직 1년은 더 고생해 봐야 아는 거고. 넌 지금 니가 원하는 거 하고 있잖아."

"글쎄… 그런가? 요새는 잘 모르겠다. 그냥 평범하게 대학 나와서 직장이나 다니는 게 낫지 않았을까 하는 생각도 들거든."

응? 좋아하는 게임하면서 돈 버는 녀석이 갑자기 복에 겨운 소리를 하고 있어.

"왜 그래? 혹시 무슨 일 있어?"

"그런 건 아닌데, 그렇게 좋아했었는데도 막상 직업이 되니까 지친다."

하긴, 이해가 안 되는 건 아니었다. 좋아하는 것은 취미로 남겨두는 것도 나쁘지 않다는 프로 선수의 말을 들은 적이 있으니까.

"인마, 다른 사람들이 욕해. 요새 성적도 좋은 것 같던데, 괜히 나중에 후회하지 말고 여유 좀 가져. 정 힘들면 여행이라도 다녀오던가."

"이거 내가 괜한 소리를 꺼낸 것 같네. 밥맛 떨어지는 소리는 그만하고 식기 전에 먹자. 예슬 씨도 많이 드세요."

"예. 잘 먹을게요."

그렇게 식사를 하며 이런저런 이야기를 나누다 보니, 어느새 5년 만에 만나게 된 원석과 아쉬운 작별을 해야 했다.

"미안, 지루했지?"

"아니, 괜찮아. 너 전학 오기 전 이야기도 들어서 재미있었어."

"그럼 다행이네."

"근데, 아까 원석 씨가 좀 힘들어 보여서 안쓰럽더라. 좋아하는 일을 하면 무조건 행복할 줄 알았는데, 그렇지도 않은가 봐?"

"그러게 말이야……."

괜히 녀석에게 미안한 마음이 들었다. 하지만 지금은 그저 원석이 녀석이 잘 이겨내길 바라는 수밖에 없었다.

흠, 생각해 보면 처음에 별생각 없이 들어간 직장도 지내다 보면 자신만의 즐거움을 찾게 마련이니, 결국 모든 건 마음에 달려 있는 걸지도 모르겠다.

*　　*　　*

8월 중순, 원석과의 만남이 있었던 짧은 여름 방학은 끝이 났다.

암울한 소식은 여전히 주식이 끝없이 추락하고 있다는 것이었고, 좋은 소식은 6월부터 8월까지 아무런 일도 일어나지 않고 있는 걸 보면, 4년 전 내게 벽돌을 맞은 장남수가 과거 연쇄살인을 저질렀던 연쇄살인범 장남수라는 것이 거의 확실해졌다는 거였다.

그래도 올해가 가기 전까진 긴장을 늦출 순 없겠지만, 김대철과 범행 시기가 겹쳤던 녀석이니, 뭐, 이 정도라면 안심을 해도 될 것 같다.

생각을 정리하는 사이 도착한 강의실 문을 열고 들어가자, 축 늘어진 사람들 사이에서 혼자 생기발랄한 여인네가 말을 걸어왔다.

"막냉이 오셨습니까!"

이게 대체 무슨 화법인지…….

"안녕하세요. 수영 누나 어떻게 방학은 잘 보내셨어요?"

"오냐, 이 누님, 살 탄거 봐. 어때 건강미인 포스가 풍겨?"

그냥 동남아에서 유학 온 여학생 같은데요. 아니면 새댁 정도?

"예… 뭐……. 그러네요. 건.강.해 보이시네요."

하아, 눈이 타들어가는 느낌이다. 이거야 원, 개학 첫날부터 액땜했다고 쳐야 되나…….

잠시 후, 친한 사람들이 하나둘 모습을 드러냈지만, 모두 수영 누나의 건강미인 포스에 눌린 탓인지, 처음 활기찬 입장과 달리 침울한 표정으로 다가오고 있었다.

"안녕하세요. 문준이 형, 진규 형."

"너 같으면 안녕하겠냐……."

이쪽으로 오던 문준이 형이 한숨을 내쉬며 진지하게 말했다.

"반 좀 옮겨 달라고. 진짜 지도 교수님이랑 진지하게 상담 좀 해야겠어. 수영이 저것 때문에 이러다 화병에 돌아가시겠다."

"그럼 상담 받을 때 저도 좀 데려가 주세요."

내 말에 문준이 형이 걱정 말라는 듯 어깨를 두드리며, 진규 형에게도 의사를 물었지만 진규 형은 그저 미소만 짓고 있었다.

"흐아암. 후우, 오랜만에 들으니까 힘들지 않냐?"

2학기 첫 수업을 마치고 점심을 먹기 위해 식당에 도착하자, 문준이 형이 목을 두드리며 물었다.

그에 영선 누나가 고개를 갸웃거리며 말했다.

"글쎄요. 저는 괜찮은데, 교수님께서 이번에 신행정 수도 관련해서 말씀해 주신 거 재미있지 않았어요?"

"아, 그건 괜찮긴 했는데 나머지는 조금 지루한 면이 있어서."

"말이 나와서 그런데 다들 어떻게 생각해요?"

관심이 많았었는지, 영선 누나가 눈을 빛내며 물었다.

"그러는 넌 어떻게 생각하는데?"

수영 누나가 부담스러운 태닝 페이스로 영선 누나에게 반문했다.

"나? 나야, 뭐. 당연히 합헌 판결이 아닐까 하고 생각하는데. 지금까지 헌법재판소 판결을 보면, 정치적인 문제에는 약하게 나갔잖아."

영선 누나의 말에 수영 누나도 그럴듯하단 생각을 했는지 동의를 했지만 문준이 형은 뭔가 걸리는 눈치였다.

"음, 글쎄. 이번 건 조금 다르지 않나?"

"뭐가요, 오빠?"

"헌법재판소가 정치적인 문제에 대해서 그렇게 했던 것들은 보통 외교문제가 엮였거나, 과거에 일어났던 일들이 주였잖아. 근데 이건 지금 기득권한테도 굉장히 민감한 문제거든."

"그래도 이건 정치적인 사항이고 노 대통령도 변호사 출신이라 법도 다 알아보고 결론을 내렸을 텐데. 다른 결과가 나올 이유는 없다고 생각하는데요."

"물론 니 말에도 일리가 있는데, 교수님께서 이 이야기를 하시면서 조심스럽게 국민투표를 안 한 것 때문에 위헌이 나올 소지도 있다고 하신 건 그만한 이유가 있지 않겠어?"

역시 나이가 나이인지라, 정치 쪽에도 어느 정도 관심이 있는 문준이 형이 이 사안에 대해서 가장 올바르게 보고 있는 것 같았다.

"진규야, 넌 어떻게 생각해?"

영선 누나의 질문에 진규 형이 놀란 듯 되물었다.

"예? 뭐가요?"

"뭐긴, 지금 말했잖아. 신행정 수도 이전 문제. 헌법재판소에서 어떻게 판결할 것 같냐고."

"글쎄요……. 전 잘 모르겠네요."

흐음……. 무슨 일 때문에 진규 형이 저렇게 힘이 없는 거지?

"그래? 그럼 막냉이는 어떻게 생각해?"

"저요? 글쎄요. 잘은 모르겠지만, 저도 문준이 형 말에 일리가 있다고 생각해요."

"왜? 법적으로 문제될 게 없는데?"

영선이 누난 또다시 자신과 다른 의견이 나온 것을 이해를 못 하겠는지, 약간 힘이 담긴 목소리로 물었다.

"그게 솔직히 사법 고시 준비하면서 몇 가지 이해가 안 되는 판례가 있었거든요. 근데 연수원에 와서 다시 보니까, 대부분 정치와 관련된 부분이 없지 않아 있어서 이번에도 그럴 가능성이 높다고 생각해요."

실제로도 위헌 판결이 나왔고 말이죠…….

"그래도 헌법재판소가 정치에 휩쓸릴 것 같지는 않은데?"

"아휴. 영선아, 이따 도서실 갈 때 다시 이야기하자. 이러다 점심시간 끝나겠다. 어?"

"어머! 벌써 시간이 이렇게 됐어?"

문준이 형의 말에 점심시간이 얼마 남지 않았다는 걸 깨달은 우린, 토론을 멈추고 허겁지겁 서둘러 식사를 하기 시작했다.

그런데 1학기엔 이런 토론은 꿈도 못 꿨던 걸 생각하면, 확실히 2학기가 시작하고 나선 다들 여유가 생긴 모양이다.

아니 오히려 각박한 연수원 생활을 즐기는 법을 깨달은 걸지도.

*　　　*　　　*

"내가 판사였어도 그건 과잉방위가 맞다고 생각하는데? 야, 어떻게 맨손으로 전치 12주를 나오게 해. 이건 피해자가 강도가 아니었으면 상해죄야. 그나마 도둑이 집안에 들어왔으니까 과잉방위였던 거지."

2학기 초, 점심시간에 행정 수도에 관한 토론을 하고 난 이후로 지금처럼 굳이 사례연구 강의가 아니더라도, 이젠 만나기만 하면 법이나 판례에 대한 이야기를 하는 것이 우리의 일상이 되어버렸다.

그리고 그런 우리들의 오늘 주제는 각자 재미있었다고 생각한 판례에 대한 것이었는데, 거론된 여러 판례 중에서 뽑힌 것은 솥뚜껑 사건이었다.

"오빠. 풋… 집주인이 조금 심하긴 했어도 집안에서 강도를 만나 놀라서 무심결에 그랬던 거라면, 흠… 엄밀히 따지면 '야간 기타 불안스러운 상태하에서 공포, 경악, 흥분 또는 당황으로 인한 때에는 벌하지 아니한다'는 정당방위 21조 3항의 예외 규정에 해당하지 않나요? 거기다 범인이 솥뚜껑으로 막는 바람에 부상도 입었고……."

문준이 형에게 자신의 의견을 피력하던 영선이 누나가 자신이 말해놓고도 우스웠는지, 계속 웃음을 참고 있었다.

"야! 주영선, 이 지지배야 너도 지금 니 말이 말도 안 된다고 생각하지?"

"아냐… 내가 뭘?"

수영 누나가 의심스러운 눈으로 째려보며 묻자, 찔리는 지 그녀가 눈을 피했다.

"영선 누나. 지금 누나 얼굴 엽기인 거 아세요? 웃으려면 그냥 웃으세요."

"헤헤… 이건 너무 억지였나?"

아시니 다행이네요.

"범인이 살려달라고 빌었을 정도면, 정당방위라고 하기엔 너무 과한 면이 있으니까요."

실제로 갑자기 강도를 만나서 이렇게 일방적으로 상대를 패는 게 가능한 사람은 없다고…….

아무튼 이렇게 토론을 벌이는 모습을 지켜보니, 알게 모르게 다들 자신이 선택하려는 직업에 입각해 의견을 내놓고 있었다.

특히 그중에서도 영선 누나가 항상 일관되게 변호사의 측면에서 말을 하는 경우가 많았다. 판례의 원래 주 논점인 준강도가 아닌, 과잉방위 쪽으로 이야기가 흘러간 것도 그녀가 의도한 면이 없진 않았다.

뭐, 어차피 다들 잘 되면 그 분야에서 일하게 될 테니 오히려 잘 된 일이겠지만, 문제는 진규 형이었다.

대체 무슨 일인지, 2학기가 시작된 지 한 달이 지날 동안 대화에 거의 참여하지 않는 그가 걱정이 됐다.

수업을 마치고 기숙사에 도착해서도 세상에 모든 고민은 혼자 짊어진 얼굴로 가방을 내려놓는 진규 형의 모습을 보니 도저히 이대로 있어선 안 될 것 같았다.

"진규 형, 요새 왜 그러세요. 무슨 힘든 일이라도 있으세요?"

"아니야. 일은 무슨……."

그걸 지금 나보고 믿으라고?

"아니긴요. 문준이 형이랑 누나들도 형 걱정 많이 해요. 예? 그러지 말고……."

어찌나 고집이 센지 10분이 넘게 설득을 한 끝에야 겨우 그가 입을 열었다.

"후… 사실, 민법 교수님한테 1학기 마지막 강평 때 한소리 들었다."

"예? 민법 교수님께서 형한테 뭐라고 하셨는데요?"

대체 무슨 말을 들었길래, 학기 초에 우리 중에 가장 의욕이 넘치던 사람이 이렇게 변해 버린 거야?

"왜 이렇게 다른 연수생들보다 뒤처지냐더라. 씨팔… 그렇게 열심히 했는데……."

분명 시험을 잘 봤다고 진규 형이 웃던 모습이 눈에 선한데, 왜 교수님께서 그런 말씀을 하신거지? 혹시…….

"교수님이 왜 그러신 거죠? 형, 시험 잘 보지 않았어요?"

그가 씁쓸하게 웃으며 고개를 저었다.

"그게, 그런 줄 알았는데 판례를 그대로 적어도 감점이 많더라."

하… 그냥 있는 그대로 적어낸 건가. 전년도 기출문제의 답안을 봤으면 눈치를 챘어야지요, 형.

아무래도 연수생들의 견해를 중요시하는 민법 교수님이나 몇몇 다른 과목들에서 감점을 받은 모양이다.

"에이, 형. 1학기는 성적 반영비율도 적으니까, 2학기 때 잘하면 되죠. 지금부터 열심히 하면 충분히 가능할 거예요. 이러고 있으면 될 것도 안 돼요. 그러지 말고 기운 좀 내봐요. 예?"

"그래, 알았어. 너랑 이야기하고 나니까 이제 조금 후련하네. 고맙다, 승민아."

"뭘요. 그럼 수영 누나 화내기 전에, 도서실로 가죠?"

*　　　*　　　*

옆에서 부지런히 오늘 공부할 것들을 챙기는 진규 형이 지친 몸을 일으키는 내게 웃으며 말했다.

"승민아, 밥 먹으러 가야지."

"예, 형. 그래야죠. 주말은 어떻게 지나갔는지도 모르겠는데, 벌써 월요일이라니……."

"그래도 벌써 연수원 1년 차도 거의 끝나가잖냐. 조금만 버티자."

다행히 두 달 전, 그와 대화를 나누고 난 이후, 형은 전보다 많이 나아진 모습이었다. 다만 자신의 실수를 만회하려는 마음 때문인지 무리를 할 때가 있어 그것이 조금 걱정이었다.

"하긴, 그렇긴 해요. 벌써 이번 주만 지나면 10월도 끝이니."

"에휴, 그런 것보다 우리가 걱정해야 될 건 오늘도 탄 밥을 먹느냐 마느냐 아니겠어?"

하아… 그러고 보니, 2학기 들어서 월요일 아침은 대부분 탄 밥이 나오고 있는 건가…….

역시나 오늘도 어김없이 등장한 탄 밥을 국에 말아 억지로 삼키는 걸로 식사를 마친 후, 진규 형과 강의실에 들어서자 웬일로 분위기가 어수선했다.

게다가 문준이 형과 누나들까지도 우리가 들어온 것도 모른 채 뭔가 이야기를 나누고 있었다.

"안녕하세요."

대체 뭔 일이길래. 사람이 옆에 다가가도 몰라?

"어머! 깜짝이야!"

수영이 누나가 놀라는 모습에 덩달아 놀란 영선이 누나가 가슴을 쓸어내리며 말했다.

"하… 놀랬잖아. 야. 무슨 인사를 그렇게 해?"

"예? 누나, 그건 제가 하고 싶은 말인데요. 다들 대체 무슨 이야기를 나누고 있길래. 사람이 온 지도 몰라요?"

"아, 그랬어? 미안. 사실 어제 행정 수도 위헌판결 나온 것 때문에."

"누나 진짜 위헌 나왔어요? 난 당연히 합헌일 줄 알았는데?"

영선 누나의 심드렁한 말에 진규 형이 어떻게 그럴 수가 있냐는 듯 그녀에게 되물었다.

"어. 관습 헌법에 위배된다고 위헌이래."

"권 교수님께서 혹시나 위헌이라면 헌법 72조에 걸릴 거라던, 중요정책 국민투표에 대한 재량권 남용이 아니라 관습 헌법이요?"

"그래. 헌법재판관님들이 서울이 수도인 게 전통이고 암묵

적인 룰이시라네. 바꾸려면 헌법부터 고치래."

"하아… 민법이나 행정법도 아니고, 무슨 헌법에서 지금까지 인용한 적도 없는 관습이란 말이 나와요?"

"내말이. 보시다시피 그것 때문에 다들 난리도 아니잖아."

위헌이었다는 것만 기억을 했었는데, 관습 헌법이라… 이건 장난을 쳐도 너무 친 거 아닌가? 그런 논리라면 지금까지 헌재가 헌법에 없다는 이유로 반박을 했던 것들도 달리 보면 우습게 되는 건데?

그것뿐만이 아니라 헌법을 정치적으로 이용할 수 있는 길을 활짝 열어준 꼴이란 생각이 들었다.

"뭐, 아까도 말했지만 다들 수도하면 서울을 떠올리기도 하고, 실제로 그렇게 오랜 세월 동안 지속되어 왔으니, 헌법재판소의 견해도 타당하지 않나?"

"오빠. 서울시 행정 특례법에 분명 '이 법이 정하는 범위 안에서 수도로서의 특수한 지위를 가진다'라고 이미 성문법이 있는데 관습헌법의 범주로 보는 건 말이 안 된다고 생각해요."

호오, 수영이 누나까지 웬일로 불이 붙었나.

"오히려 법안 자체를 무효화시키려는 헌법재판소의 자의적인 해석이 담겨 있다고 보는 게 낫지 않나요?"

"저도 수영 누나 말에 동의해요. 지금까지 성문헌법을 고집

하면서 판결을 해오던 헌법재판소가 갑자기 관습헌법이라는 불문헌법을 들고 나온 게 자체가 말이 안 돼요."

진규 형까지 수영 누나 편을 들자, 문준이 형이 난감한 듯 머리를 긁적였다.

"얘들아, 그걸 그렇게 곡해하는 건 조금 아니라고 봐. 물론 전에 말한 것처럼 정치적인 면이 없잖아 있겠지만, 그것보다는 성문헌법에 모든 걸 명시할 수 없으니까 헌법재판소에서 고심하다가 관습헌법으로 이번처럼 그런 헌법을 보완하는 길을 선택했다고도 봐야 하지 않을까."

이렇게 우리 사이에선 문준이 형의 외로운 투쟁이 되어버리고 있었지만, 이번 헌재의 결정이 연수생들에게 충격적인 사건이었다는 것을 보여 주듯 강의실에선 찬반으로 나뉜 채 연수생들이 첨예한 대립각을 세우고 있었다.

"오빠, 그래도……."

다른 사람들처럼 이쪽도 서서히 언성이 높아져 가는 걸 보니, 슬슬 정리를 해야 할 것 같다.

아쉽긴 하지만, 이미 결정이 된 사안을 가지고 서로 얼굴 붉힐 필요는 없지.

"다들 서로의 의견은 다 들은 거 같은데, 그만하죠. 더 하다간 감정싸움이 되겠어요."

"후, 승민이 말대로 오늘은 그만하죠."

오늘은……? '그냥 여기서 마무리 하죠'라고 말하고 싶었지만, 차마 의욕에 불타는 영선 누나에게 그 말을 할 수 없었다.

이거 또 한동안 이 문제로 끌려다녀야 하나? 이런 일은 저번에 토론했던 성매매특별법만으로 족한데 말이야.

*　　*　　*

영선이 누나의 집요함에 지쳐만 가던 10월이 지나고 11월에 들어 본격적인 시험 기간에 접어들자, 사법연수원 전체를 떠들썩하게 만들었던 헌법재판소의 행정 수도 위헌 결정에 대한 이야기도 잠잠해졌다.

그렇게 2학기 최후의 관문인 주요 과목들의 시험 날이 다가오고 있었다.

"시간표 봤냐?"

11월 22일부터 12월 2일까지 잡힌 시험 일정에 대해 묻는 진규 형의 얼굴엔 근심이 가득했다.

"예. 보긴 했는데 이거 뭐 그냥 죽으라는 거 같은데요?"

"미친 거지. 1학기에 2시간 30분이었던 시험시간이 7시간이 넘냐……."

전 과목이 그런 것은 아니었지만, 수찬 선배가 집중적으로 공부하라던 민사, 검찰, 형사 과목의 지나치게 긴 시험 시간은 연수생들에게 부담으로 다가오고 있었다.

"하… 이게 뭐야… 내일 또 이 짓을 해야 돼?"

인자하던 고동수 교수님의 멱살을 잡고 싶게 만드는 첫 시험 과목인 검찰실무가 끝난 후, 수영 누나가 푸념을 늘어놓자 영선이 누나가 원망스러운 눈으로 그녀를 보며 애원했다.

"수영아, 소리 좀 지르지마~ 머리에서 윙윙된단 말이야……."

"알았어, 미안해. 지지배야."

"뭐어? 오수영 너 지금 말 다했어?"

"둘 다 그만해. 서로 힘든데 우리 그러지 말자."

말리는 문준이 형까지 날이 서 있는 걸 보면, 다들 문제를 다 읽는 데만 4시간 정도가 소요된 말도 안 되는 시험으로 인해, 예민해질 대로 예민해진 모양이다.

"그래요. 누나들 그러지 말고 화 풀고 내일 과목 준비해요."

그렇게 모두를 지치게 만드는 시험도 4일째를 맞이하고 있었다. 그리고 여느 때처럼 일체의 휴식 시간조차 따로 정해져 있지 않은 악명 높은 시험을 치루고 있을 때였다.

쾅!

옆에서 고요한 정적을 깨는 큰 소리가 들려왔지만 별거 아닐 거란 생각에 다시 판결서 작성을 해나가고 있는데, 앞에서 시험 감독을 하던 김 교수님께서 움직이는 모습이 보였다.

웅성웅성.

뭐지? 판결서 작성을 멈추고 소리가 난 쪽으로 고개를 돌리자 진규 형이 바닥에 쓰러져 있었다.

"형!"

"승민 군, 진정하고 자리에 앉으세요. 다른 분들도 진정하고 시험에 집중하도록 하세요. 지금부터 자리에서 일어나면 모두 부정행위로 간주하겠습니다."

교수님의 말이 야속하게 들렸지만, 지금은 그의 말에 따르는 게 최선이었기에 어쩔 수 없이 그가 밖으로 업혀 나가는 모습을 잠시 동안 바라보다 다시 시험에 집중해야 했다.

"승민아! 진규가 뭐래? 몸은 좀 괜찮데!?"

진규 형과의 통화를 끝내자마자 수영이 누나가 걱정스런 눈빛으로 다그치며 물었다.

"예, 누나. 지금 XO병원에서 링거 맞고 있는데, 많이 나아졌데요."

괜찮다는 말에 한시름 덜었는지, 그녀가 굳어 있던 표정을 풀며 말했다.

"휴, 정말 다행이네. 근데 대체 멀쩡하던 애가 갑자기 왜 쓰러진 거래?"

"그게… 너무 무리를 해서 몸에 이상이 왔다네요."

"뭐? 하유……."

뭔가 한마디 하려던 문준이 형이 깊은 한숨을 내쉬며 말을 멈췄다.

아마도 그는 진규 형을 이해했던 게 아닐까.

서로 말은 안 하고 있지만, 다들 누구 하나 쓰러진다고 해도 전혀 이상하지 않을 상황이라는 걸 알고 있었으니 말이다.

"그런데 진규 형이 시험 기간인데 폐를 끼치고 싶지 않다고 병문안은 오지 말라고 하는데 어쩔까요?"

어쨌든 일단 통화를 해보고 깨어났으면 병문안을 가보자던 사람들에게 묻자, 문준이 형이 어이없다는 듯 혀를 찼다.

"이 자식이 아주 자기 편한 소리만 하고 있고만……. 이대로 시험공부가 되겠냐? 가서 얼굴이라도 보고 와야 맘 편히 공부라도 하지. 안 그래?"

"그래요. 어차피 내일은 시험도 없고 잠깐이면 되는데 갔다 와요."

영선이 누나의 말에 결국 병문안을 가기로 결정한 우린 진규 형이 있는 병원으로 향했다.

*　　　*　　　*

"시험 준비나 하지……. 오지 말라니까, 다들 여기까진 뭐 하러 왔어요."

문을 열고 들어오는 우리를 보고 몸을 일으킨 진규 형이 난감한 듯 고개를 젓자, 어이없다는 듯 수영이 누나가 손가락으로 가볍게 진규 형의 머리를 튕기며 말했다.

"말은… 너 같으면 안 오겠냐?"

"미안하니까 그렇죠."

"이대로는 우리가 마음이 편치 않아서 온 거니까 그런 걱정 안 해도 돼요, 형."

"니 말대로 좀 쉬면서 할 걸……. 승민아. 내가 정말 너한텐 할 말이 없다."

후, 겨우 두세 시간씩 자면서 어떻게 버티나 했었는데… 결국 이렇게 됐나. 아직도 창백한 진규 형의 낯빛에 마음이 편치 않았다.

"뭘요. 같은 방 쓰면서 더 신경 써주지 못한 제가 미안하죠."

그런 우리의 이야기를 듣던 문준이 형이 심각한 말투로 진규 형에게 물었다.

"근데, 진규야. 이제 어떻게 되는 거냐?"

"아… 아까 고동수 교수님께서 오셔서 상담을 해봤는데, 휴학을 할 것 같아요."

"뭐? 이제 다 끝났구만! 휴학이라니? 교수님께 말씀드려서 시험만 다시 보게 해달라고 하면 되지 않아?"

"시험은 보고요. 그러고 휴학을 한다는 거죠."

"자식아, 너 미쳤어? 왜 시간을 낭비해 그냥 다녀!"

문준이 형이 자신의 일인 양 흥분을 하며 소리치자, 그 모습을 보다 못한 영선이 누나가 다급히 그를 말렸다.

"오빠. 흥분하지 말고 일단 진규 이야기부터 들어봐요."

그녀의 말에 문준이 형이 별로 내키지는 않지만 어쩔 수 없다는 듯 진규 형에게 물었다.

"후… 그래. 뭐 때문에 그러는지 말이나 한번 해봐."

"이대로는 아무래도 안 될 것 같아서 다시 마음잡고 제대로 덤벼보려고요."

이야기를 마친 그는 뭔가 후련해진 얼굴로 이미 부모님께서 자신의 기숙사 짐까지 다 뺐다는 말을 했고, 그런 그의 태도에서 우린 진규 형의 마음을 되돌릴 수 없다는 걸 깨달았다.

"에휴, 고작 5일 남았었는데 조금만 참지 그랬어요, 형."

진규 형의 충격적인 휴학 소식을 접한 탓에 유난히 길게만 느껴졌던 시험을 모두 마치고 돌아와, 휑한 기숙사 방을 보니 진규 형의 일이 아쉽게만 느껴졌다.

하긴 다르게 생각하면 억지로 버티는 것보단 나을지도 모르겠다.

때론 힘겨웠던 일들도 돌이켜 보면, 그땐 왜 그리 힘들게 느껴졌는지 생각나지 않아 우스워질 때가 있으니…….

오히려 이번 일이 그에겐 좋은 경험이 되길 바라야겠지.

그런 생각을 하면서도 안타까움에 먼지가 쌓인 진규 형의 책상을 한동안 멍하니 바라봐야 했다.

# 6장

## 실무교육

적응하기 바빴던 연수원에서의 1년이 지나고 어느새 연수원 생활도 2년 차에 접어들었다.

그리고 3학기부터 시작된 실무교육을 위해 나갈 채비를 하며 뉴스를 보고 있는데, 낯익은 단어가 들려왔다.

[어제, 강원도 일대를 덮친 화재로 보물 제479호 낙산사 동종이 형체를 알아볼 수 없을 정도로 녹아내리고 말았습니다. 자세한 내용은 현장에 나가 있는……]

낙산사? 하아, 수학여행을 다녀왔던 그곳인가…….

예슬이가 사찰 내를 촐싹대며 뛰어다니던 모습이 떠올랐다.

젠장. 작년에 안 좋은 일들이 겹쳐, 올해는 좀 좋은 일들만 있길 바랐건만 4월부터 이게 뭔 일이냐…….

지이잉— 지이잉—

기분도 꿀꿀한데 아침부터 누구야?

"여보세요. 예, 민지 선배."

—어쭈? 연수원 들어가더니 많이 변했다. 너?

"변하긴요, 피곤해서 그래요. 근데 이 시간에 무슨 일이세요?"

—아, 수찬 선배 말 들어보니까 요새 실습 나가서 널널하다며?

방금 피곤하다고 말씀드린 것 같은데요…….

"예에? 설마요. 그것도 다 평가받는 건데 그럴 리가요."

—뭐, 수찬 선배는 실습만 나갔으면 좋겠다고 하더만.

"물론 강의실에서 수업 받는 것보다는 낫지만, 전 그 정도는 아니에요."

—그래?

"예. 근데 선배 졸업했으니까, 슬슬 사법 고시 준비해야 되는 거 아니에요? 그렇게 되면 이제 제가 선배가 되는 건가요?"

—하.하.하. 승민 씨. 참 재미있으시네요.

평소라면 웃어 넘겼을 민지 선배의 목소리가 심상치 않았다.

"에이, 농담이에요. 선배."

—아니에요. 이제 승민 씨가 선배시죠. 수찬 선배랑 연수원 동기이신데, 제가 무슨 선배 자격이나 있겠어요?

…이거 단단히 삐진 모양이네.

결국 한참을 그녀를 달래고 나서야 민지 선배가 화를 풀었다.

—응. 그래도 사실, 사법 고시 때문에 연락한 건데 그렇게 말하면 화나지 않겠어?

"죄송해요. 선배."

—아니야. 괜히 너무 민감하게 반응한 것 같기도 해.

"그럼 이번 주말에 만나서 다시 이야기하죠."

—그래. 그러면 주말에 연락줘.

"예. 들어가세요."

오늘은 아침부터 엉망진창이구만.

그래도 시보주제에 얼굴을 구기고 있으면 당연히 점수가 좋을 리 없으니, 활기차게 시작해야겠지.

"안녕하십니까!"

"아, 자식. 귀청 떨어지는 줄 알았네."

실무를 알려주시는 수습 지도담당자인 윤 검사님께서 방으로 들어오는 모습에 인사를 드리자, 업무를 처리하던 박 수사관께서 웃으며 말을 건넸다.

"승민 씨, 오늘도 여전하시네요."

"사람이 한결 같아야죠."

"야, 최승민."

윤 검사님께선 그 모습이 마음에 안 들었는지, 손가락을 까딱이며 이쪽을 노려보고 계셨다.

"이게 이제 일주일 지났구만. 편하게 해줬더니 아주 빠져가지고, 잡담할 시간이 있나 보다?"

"아, 죄송합니다."

서둘러 검사님께 달려가자 장난이었다는 듯 그가 말했다.

"뭐, 됐다. 저번 놈처럼 주눅 들어 있는 것보다야 낫지. 그것보다 오늘부터 사건 좀 맡아서 한번 해봐야지?"

"예? 사건이요?"

"뭘 그리 놀래? 그럼 검찰청에서 연수생 데려다가 행정 업무만 시킬 줄 알았냐?"

뭐, 원래대로라면 검찰 4, 5급 공무원 직책인 검사직무대리란 보직을 받았으니, 당연한 건가.

"받아. 오늘 처리할 사건이야."

처음으로 사건을 맡게 된 기쁨에 윤 검사님이 건넨 사건파일을 떨리는 손으로 받았다.

"예! 열심히 해보겠습니다."

하지만 담당을 맡게 된 녀석들을 본 순간 입에서 나오는 건 한숨뿐이었다.

"휴, 또 니들이냐?"

"아저씨야말로 왜 거기 앉아 있어요?"

요 맹랑한 계집애 좀 보게?

익숙한 듯 의자에 앉아 풍선껌을 쫙쫙 씹으며 묻는 걸 보니 기가 찰 노릇이었다.

"그럴 만하니까 앉아 있지 않겠냐? 그리고 껌 안 뱉어?"

어쩐지 아침부터 재수가 없더니 그럼 그렇지. 연수생한테 사건은 무슨……. 이 양반이 귀찮으니까 고삐리들을 떠 넘겼구만.

"에이, 저번에 똥배 나온 아저씨 옆에서 고개만 끄덕이고 있었잖아요."

탁.

말을 마치고 불던 풍선껌을 터뜨리곤 웃는 녀석의 모습에 간신히 놓을 뻔한 이성의 끈을 붙잡았다.

"껌……."

"흐응~ 됐죠?"

어쩔 수 없다는 듯 내민 휴지를 받아 껌을 뱉으며 꼬맹이가 배시시 웃었다.

"이게 우습냐?"

"아, 겁나서 죽겠어요~"

아휴, 이 철없는 것아.

훔친 물건의 액수가 크지 않아서 매번 부모님들 때문에 넘어간 것도 모르고, 당연한 듯 말하는 이 상습 절도범들을 어찌해야 할지…….

하지만 그렇게 당당하던 녀석들도 일말의 양심은 있었는지, 녀석들의 부모님께서 들어오자 안색이 굳어졌다.

"아이고 죄송합니다, 검사님. 애들이 아직 어려서 그런 거니까 한 번만 선처를 부탁드립니다."

녀석들에게 사태의 심각성을 알려주기 위해서라도 조금 세게 나가야 할 것 같았다.

"어머님. 봐드리고 싶어도 이게 벌써 몇 번째인지 모르겠습니다. 사건 송치를 한 경찰 쪽에선 기소를 하자고 난리예요. 이번엔 안 돼요."

그렇게 부모님들과 한참을 실랑이를 하다, 꼬맹이들 눈에 눈물이 그렁그렁한 걸 보니 반성을 좀 한 것 같아 보여 어쩔 수 없단 듯 녀석들을 돌려보냈다.

"후우……."

진이 빠진 채 한숨을 내쉬는 모습을 옆에서 지켜보던 윤 검사님께서 코웃음을 치며 말했다.

"고거 가지고 힘드냐? 이거 검사는 못 해먹겠구만."

"그러게요. 매번 이러면 진짜 검사는 저랑 안 맞을지도 모르겠는데요? 이게 시장통인지 검찰청인지……."

아이들과 함께 밖으로 나서는 부모님들을 보며, 윤 검사님께 농을 건네자 어이없다는 듯 웃던 그가 내가 물었다.

"그나저나 쟤들 어떨 거 같냐?"

"그게 무슨 말이십니까?"

"저 얼라들 말이야. 또 그럴 것 같냐는 말이지."

"뭐, 저 정도로 혼났으면 안 하지 않을까요?"

"그래?"

윤 검사님께선 묘한 미소를 흘리고 계셨다.

그리고 며칠 뒤.

"어이, 오늘 맡은 사건 열심히 해봐?"

오랜만에 윤 검사님께 다시 사건을 받은 난 그때 왜 그가 그렇게 웃었는지 알게 되었다.

"제발… 그만 좀 와라……."

"또 아저씨예요? 이번엔 안 걸릴 자신 있었는데, 아쉽게 됐네요?"

"그때 울면서 질질 짜놓고 또 오고 싶냐?"

"울긴 누가 울어요!"

뻔뻔스러운 꼬맹이의 모습에 이번에야말로 녀석들을 갱생의 길로 인도해 주리라 다짐했지만, 전혀 반성의 기미가 보이지 않는 걸 보면 이놈들과의 악연은 이걸로 끝날 것 같지 않았다.

* * *

"승민아, 여기."

민지 선배와 만나기로 했던 카페에 도착하자, 앞에서 기다리던 그녀가 밝게 손을 흔들었다.

"아, 선배. 죄송해요. 제가 조금 늦었죠?"

"아냐. 나 때문에 서울까지 올라오느라 고생했을 텐데. 일단 들어가자."

그녀를 따라 안으로 들어가 구석에 빈자리에 앉자, 선배가 내게 부럽다는 듯 말했다.

"어떻게 한 번에 합격했어? 공부하니까 장난 아니던데."

"운이 좋았죠. 뭐."

이거 말하고 나니, 왠지 분위기가 썰렁하다.

"근데 선배. 오랜만에 만난 건데 반갑다 뭐, 이런 말부터 해야 되는 거 아니에요? 조금 서운한데요."

"그런가? 별로 그런 느낌이 안 들어서 말이야."

"그거 좋은 의미죠?"

"응? 응!"

민지 선배가 무슨 생각을 했는지는 모르겠지만 어색하게

웃는 걸 보면 그다지…….

"아무튼 사법 고시 준비하느라 고생이 많겠네요."

"정말 말도 마! 토익 준비하랴, 법 공부하랴. 힘들어 죽겠어."

그 마음 잘 알지. 지옥이 있다면, 이럴지도 모르겠다고 생각했으니까.

"어쩌겠어요. 그래도 해야죠."

"응. 알긴 아는데, 그게 맘대로 되나… 그리고 고시원 생활도 체질이 아닌 것 같아."

고시원?

"엥? 선배 고시원 들어갔어요?"

"응. 집에서는 집중도 안 되고 학원도 다녀야 해서 그냥 고시원으로 들어갔어."

쯧쯧쯧, 사람 살 곳이 아니라고 그렇게 말을 했건만.

"하아, 지금이라도 나오는 게 낫지 않을까요?"

"안 그래도 그러려고 생각중이야. 고시원 주변에 뭐 그리 놀게 많아? 공부를 하라는 건지 말라는 건지."

"거기가 좀 그렇죠. 저도 많이 당황했어요."

"그치? 장난 아니더라, 처음엔 내가 잘못 찾아온 줄 알았어. 밤 되니까 사람이……."

계속 유흥가에 대한 불만을 토로하는 민지 선배의 말에 신림동 이야기만 나오면 이를 갈던 수찬 선배의 모습이 떠올랐다.

'승민아. 진짜, 스터디 같이하던 형이 한잔만 마시자고 해서 갔는데 눈뜨고 나니까 1년이 지나 있더라.'

기나긴 싸움에 지치고 힘들다 보니, 보이지 않는 미래보다는 눈앞의 쾌락을 이겨내는 것이 쉽지 않을 수밖에.

그러니 신림동 주변에 유흥가가 그렇게 번창했겠지.

"내 정신 좀 봐. 이런 이야기 하려고 만나자고 한 게 아닌데."

"아니에요. 오랜만에 선배랑 만나서 이런저런 얘기하니까 좋은데요, 뭐."

그렇게 1시간가량 선배와 사법 고시에 대한 이야기를 나누고 나니, 더 이상 궁금한 게 없는 듯 선배가 웃으며 말했다.

"고마워. 이제 대충 어떻게 공부해야 하는지 감이 잡히네."

"여태껏 선배한테 도움만 받아서 미안했는데, 이렇게라도 도울 수 있어서 오히려 다행이죠."

음? 갑자기 무슨 말을 하려고 사람을 그런 눈으로 보시는지…….

"참, 이런 거 보면 둘이 완전 딴판인데 너랑 광현이랑 친한 게 신기해. 성격이 다른 사람끼리 서로 끌린다고 하더니 그런 건가?"

"친하긴요… 선배……."

아무리 선배라도 그건 말씀이 지나치시네요.

"왜? 학교 다닐 땐 그렇게 붙어 다니더니? 광현이 말로는 가끔 연락도 한다던데 아니야?"

"연락은 가끔 하긴 했죠. 지난번에 연락했을 땐, 총학생회 임원됐다고 촐랑대면서 자랑하는 걸 보니 아직도 여전하더라고요."

"야, 그 얘긴 꺼내지도 마. 내가 다 창피하다……."

"예? 광현이 이 자식, 또 무슨 사고라도 쳤어요?"

총학생회라는 말에 잊고 싶은 기억이라도 떠오른 듯 질색을 하던, 민지 선배가 천천히 고개를 끄덕이며 입을 열었다.

"응. 사고를 치셔야 직성이 풀리시는 법학과 명물 개또 씨 성격이 어디 가겠어?"

아무리 녀석이라도 학생회에서 미친 짓하긴 쉽지 않을 텐데?

"왜요? 선배. 또 무슨 일인데요."

"에휴, 그게 작년 11월에 총학생회장 선거가 있었는데, 그때 광현이 동아리 사람이 당선됐거든."

음… 별로 문제될 게 없는 거 같은데?

"그런데요?"

"요번에 니 동기들한테 들어보니까, 저번 달 말에 연합엠티다 뭐다해서 돈 좀 빼돌렸나 봐."

"에에?! 대체 얼마나요?"

"나도 들은 거라 자세히는 몰라. 근데 적은 액수는 아닌가 봐."

가만, 총학생회장이면 4학년 아닌가? 동아리 사람이라고?

"선배, 혹시 광현이랑 같은 동아리라던 그 사람 이름은 모르세요?"

"음, 서 씨였는데… 잘 기억이 안 나네."

"서.민.후."

나지막이 중얼거린 녀석의 이름에 민지 선배가 생각났다는 듯 손벽을 치며 말했다.

"어? 맞는 거 같은데? 승민이 너도 아는 사람이야?"

"아뇨. 그냥 광현이 소개로 얼굴만 한 번 봤었어요."

"그래? 아무튼 요번에 그 서민후란 인간이랑 5월에 있는 대학교 축제 때 또 뭔 짓을 벌이려는지, 축제 이야기만 나오면 싱글벙글해 가지고 돌아다니신데. 하긴, 그전에도 그 동아리 사람들이랑……."

민지 선배의 말을 들어보니, 정말 가관이었다.

이 씹어먹어도 시원찮은 자식…….

학생회 임원까지 됐다길래, 열심히 학교만 다니고 있다는 니 말을 믿었는데… 그 말을 믿은 내가 병신이다, 진짜.

박광현. 지금은 오랜만에 민지 선배와 만나는 자리라 참지만, 이따 연락 한번 해야겠네.

*　　*　　*

"저녁이라도 먹고 가지 그래? 내가 살게."

벌써 6시인가? 잠깐 떠든 것 같은데 카페에서 2시간이 넘게 있었나.

"아니에요. 2차 준비하느라 바쁘실 텐데, 더 시간 뺏을 순 없죠."

"그래. 그럼 잘 들어가."

"예. 선배도 조심히 들어가세요."

힘든 고시 생활 때문인지 아쉬워하는 선배를 좀 더 응원해 주고 싶었지만, 그러기엔 광현이 녀석이 자꾸 마음에 걸렸다.

상대가 서민후만 아니었어도, 이 정도는 아니었을 텐데.

띠리리— 띠리리—

—여보세요~? 어이고, 이게 누구신가? 바쁘시다면서 웬일로 전화를 다 하셨어?

"그냥 오랜만에 술이나 한잔 하고 싶어서."

—술~ 좋지! 어디로 갈까?

"예전에 대학교 후문 쪽에 맨날 마시던데 알지? 거기로 와."

—소주야 놀자? 야, 거기 망한 지가 언젠데…….

"그래? 그럼 대학교 후문에 서 있든가."

—오케이. 그럼 금방 달려갈게요~

달려온다더니… 이제야 기어나오는구만.

"최~ 승민이!"

능글맞게 웃으며 다가오는 녀석을 보니, 자연스레 손이 올라갔다.

"반갑다. 자식아! 근데 오늘은 일단 좀 맞고 시작하자."

"아! 아! 갑자기 왜이래 너 이거 특수 폭행이야!"

"그럼 고소하시든가… 썅눔의 자식아!"

후문에서 한바탕 실랑이를 벌이고 근처의 술집에 도착하자, 단숨에 첫잔을 비운 광현이 원망스러운 눈빛으로 이쪽을 노려보고 있었다.

"갑자기 왜 그런 건데? 별거 아니면 진짜 고소당할 줄 알아!"

"박광현. 대체 서민후 자식이랑 또 얼마나 해 처먹은 거야? 나한텐 그런 이야기 없었잖아."

기세등등하던 녀석이 머리를 긁적이더니, 갑자기 잔에 술을 따르며 말했다.

"아… 예전 과외 때에 비하면 얼마 되지도 않아. 그리고 지난 일이니까 그냥 술이나 마시자."

"뭐가 지난 일이야. 다음 달에 축제에서 또 한 건 하신다며, 너 진짜 정신 안 차릴래? 제발 서민후 그놈이랑 그만 좀 엮여

라. 너 그러다 큰일 난다. 과외 때 그 꼴 나고도 정신 못 차렸나……."

"야, 니가 안 그래도 이제 그 새끼랑 엮일 일 없어. 나도 그 새끼 못 본지 꽤 됐다."

"뭐?"

"그 새끼 총학생회장도 그만두고 잠수탔어. 지금 나도 그놈이랑 벌여놓은 거 뒷수습하느라 죽겠다. 진짜 너니까 나왔지, 술 마실 시간도 없어. 이거만 마무리 지으면 나도 학생회 임원 때려치울 거고."

민지 선배한테 들은 대로라면, 3월 말에 돈을 빼돌렸다고 들었는데, 그럼 기껏해야 2주잖아.

대체 그 사이에 또 무슨 일이 있었던 거야?

"서민후 그 자식은 갑자기 왜 연락이 안 되는 건데?"

"몰라, 씨발. 엠티 때부터 조금 이상하더니 갔다 온 다음날이 꼴 났다. 그 새끼 회장 만들려고 별짓을 다했는데 헛고생했지, 뭐. 친한 척은 다 해놓고 이렇게 뒤통수를 쳐? 생각만 해도 열 받네."

흠, 다른 짓거리라도 하다가 걸렸나? 안 그러면 그 놈이 잠수를 탈 리가 없지. 머리 좋은 놈이니, 뭔가 낌새를 채고 튀었겠지.

"잘 됐네. 이 기회에 정신 차려."

"뭐!? 넌 친구가 이렇게 힘들어하는데 그런 말이 나와?"

"지랄하네. 민지 선배한테 들으니까, 학생회 말고도 서민후 그놈이랑 별 그지 같은 짓은 다했더만."

"뭐, 그건 그냥 젊은 날의 치기랄까? 오늘부터, 니 말대로 새사람으로 거듭날 테니까 사장님. 술이나 드시지요."

능청을 떨며, 양손으로 소주를 따라 건네는 광현을 보니, 철들려면 아직 한참은 먼 것 같다.

그래도 앓던 이가 스스로 빠져 주셨으니, 이번은 이렇게 넘어가줄까? 서민후한테 뒤통수 맞았으니 놈이 다시 연락한다고 해도 이젠 어울리지 않겠지.

* * *

실무교육에 공부에 정신없이 시간을 보내다 보니 어느새 5월이 되었다.

이제 검찰실무도 1달이 조금 안남은 건가? 그동안 거의 스무 개에 가까운 사건을 처리했다고는 해도. 뭐, 불구속 사건들이 대부분이라 사건이라고 하기에는 민망한 것들 뿐이었지만…….

다 이렇게 경험을 쌓아가는 거니, 오늘 같은 일만 아니면… 불만은 없었을 텐데…….

"그 홍두파인지 뭔지 하는 니 패거리들은 어디 가고 오늘은 왜 너 혼자냐?"

"홍두파가 아니라, 홍주예요."

홍두나 홍주나… 고등학생들이 그런 거나 만들고 잘 하는 짓이다.

"아무튼 경찰 쪽에서 꼬맹이, 니 이름으로 사건 송치도 안 했는데 어떻게 들어왔냐고."

"아~ 수위 아저씨한테 그냥 조사받아야 한다고 하니까 들여보내 주시던데요?"

대체 얼마나 들락거렸으면 그분이 널 알아보냐…….

"하, 너 이거 공무집행방해인 거 알고 일부러 한 거 맞지?"

"아저씬 검사가 아니라 학생이라면서요. 그럼 공무집행은 아닌 거 아닌가?"

아닌가? 이게 점점 말이 짧아지네.

"그래도 지금은 별정직 공무원이야. 검사직무대리라니까?"

"몰라요. 아까 그 아저씨가 공무집행 방해죄로 저 조사하라고 했잖아요. 얼른 해요. 안 그러면 농땡이 피운다고 이를 거예요?"

얼씨구? 적반하장도 유분수지. 대낮부터 학교도 땡땡이 친 녀석이?

윤 검사님이 널 보고 이참에 현행범 조서도 작성해 보고, 공무집행 방해죄에 대한 공소장을 적어오란 것만 아니었어도…….

내가 이 고생은 안 하지 않겠냐? 꼬맹아.

틱. 틱. 틱.

저번엔 껌이더니… 이번엔 또 뭐야?

뭔가 조그마한 흰색 물체를 책상에 놓고 손가락으로 돌리는 꼬맹이의 모습이 심기를 건드렸다.

"후, 그거 하지 마."

"피이~ 뭐 다 하지 말래? 되는 게 뭐야? 민중의 지팡이가 이렇게 불친절해도 되는 거예요?"

그건 보통 경찰을 말하는 거예요. 이 무식한 계집애야…….

"닥치시고… 범죄자 아가씨. 이름이 뭐예요?"

"흥, 묵비권을 행사하겠어요!"

"하, 야! 양혜순. 장난하지 마라. 너 때문에 지금 개고생하는 거 안 보이냐?"

틱. 틱. 틱.

그러든지 말든지 흥미 없다는 얼굴로 다시 뭔가를 굴리는 녀석의 팔을 잡아 그것을 빼앗았다.

"너, 하지 말지 말랬지. 뭔 분필을……."

"줘요. 왜 뺏어가요!"

뺏은 것을 자세히 살펴보자, 분필을 깎았다고 하기에는 너무 표면이 매끄러웠다. 그리고 알약의 형태였기에, 혹시 그냥 단순한 불량식품이 아닐까 하는 생각도 해봤지만, 그러기엔 크기가 너무 컸다.

"너 이거 무슨 약이야?"

"왜요? 어디서 났든 아저씨가 무슨 상관이에요 얼른 줘요."

단순히 갑자기 뺏긴 것에 화가 난 것인지, 별거 아닌 거 갖고 왜 그러냐는 얼굴로 꼬맹이는 빨리 돌려달라며 내민 손을 흔들어 댔다.

그 모습에 괜히 오버를 했나 싶었지만, 중앙에 찍혀 있는 십자 형태의 문양이 마음에 걸렸다.

"양혜순, 그러니까 말하면 준다니까."

"아 진짜 짜증나! 그냥 길에서… 주웠어요. 이제 됐죠."

퍽이나. 왜 갑자기 눈을 피하면서 말을 해?

"이걸?"

입술을 삐죽이는 꼬맹이에게 1센티가 채 안 되는 알약을 들이밀었다.

"네. 왜 사람 말을 못 믿어요. 주웠다니까."

손버릇이 안 좋아서 그렇지 심성은 그리 나쁘지 않은 녀석이 이렇게 말을 하는 걸 보면, 주웠다는 건 맞는 것 같았다.

"그래. 알았어."

"아저씨… 갑자기 어디가요?"

갑자기 자리에서 일어나자, 꼬맹이 녀석이 불안한지 떨리는 목소리로 물었다.

"별거 아냐. 이것 좀 확인해 보려고. 너 확실히 그냥 주운 거 맞지?"

"네……."

"너 나중에 다른 말 하면 안 돼. 알았지?"

꼬맹이 녀석도 평소와 다른 분위기를 느꼈는지, 침을 삼키며 천천히 고개를 끄덕였다.

"뭐야? 최승민. 벌써 조서랑 공소장은 다 쓴 거야?"

밖으로 나와 검사실로 들어가자, 윤 검사님께선 귀찮아하는 얼굴로 묻고 있었다.

"아뇨. 그런 건 아닌데, 잠깐 드릴 말씀이 있어서요."

"응? 조사하다 말고 갑자기 뭔데? 혹시 조서 작성하는 거 까먹은 거야?"

"에이, 설마 그걸 잊어버렸을라고요. 이것 때문에요. 꼬맹이 녀석 말로는 주웠다고 하는데 아무래도 찜찜해서요."

"흐음… 그래? 어디 줘봐."

알약을 건네받을 때만 해도 심드렁하던 윤 검사님의 눈빛이 날카롭게 변했다.

"엑스터시? 이거 분명 다 몰수했는데 이게 왜 또 돌아다녀?"

혹시나 했는데, 역시나 였나…….

"엑스터시요?"

"어. 여기 십자 문양 보이지? 이거 작년에 이 일대에서 활동하던 공양파란 놈들이 유통시키던 엑스터시야."

아까부터 의심스러웠던 문양을 가리키며 설명을 해주시던 검사님께서 박 수사관님을 불렀다.

"하아, 박 수사관님."

"예, 검사님. 말씀하시죠."

"이것 좀 마약과에 가져다주시고, 공양파 놈들한테 압수했던 거랑 같은 물건인지 확인 좀 해주세요."

"예, 알겠습니다."

약을 건네받은 박 수사관이, 서둘러 방을 나서는 모습을 심각한 얼굴로 바라보던 검사님께서 물었다

"그래. 혜순이 고것이 이걸 가지고 있었다고?"

"예. 근데 그냥 길에서 주웠다고 하는 걸 보면, 혜순이는 엑스터시인지 모르는 것 같던데요."

그 말에 자리에서 일어난 검사님께서 어깨를 움켜잡았다.

"그건 지금부터 알아보면 되는 거고. 넌 여기 있어."

"예?"

"그래도 그동안 미운 정이 들었을 텐데, 이러다 일 잘못되면

며칠 밤 설친다. 맨날 같이 다니던 녀석들이 안 온 거 보면, 뭔지 알고 있었을지도 몰라."

어차피 검사가 되면 수없이 겪게 될 일일지도 모른다. 꼬맹이가 거짓말을 했더라도 받아들이는 게 맞겠지.

"괜찮아요. 어차피 법조계에서 일하다 보면 한 번은 겪을 일인데요."

"그래. 그럼 어쩔 수 없지. 난 분명 경고했다? 후회하지 마."

어쩔 수 없다는 듯 한숨을 내신 검사님의 뒤를 따라 꼬맹이가 있는 조사실로 향했다.

검사님이 들어가자 영문을 모르고 불안한 듯 쳐다보는 꼬맹이에게 약에 대해 말한 뒤 조사를 진행했다. 하지만 겁을 먹은 듯 꼬맹이는 같은 말만 반복할 뿐이었다.

"후, 이젠 대답 좀 해라. 어디서 났냐고!"

"진짜 저는 몰라요……."

결국 이대로는 안 되겠다는 판단을 하신 검사님께서 법까지 들먹이면서 다그치자, 꼬맹이도 움찔하며 놀란 모습이었다.

"하, 너 지금 이게 장난 같아? 어리다고 봐주는 것도 한계가 있는 거야."

"……."

"검사님. 혜순이가 많이 놀란 것 같은데, 진정하세요."

"넌 속도 좋다. 마약이 유통되고 있을지도 모르는 이 상황에서 진정하게 생겼나?"

설상가상으로 상황이 이렇게 흘러가는 동안, 실마리를 가지고 있을 것이라고 예상했던 자칭 홍주파란 녀석들은 꼬맹이가 약을 주운 사실조차 모르고 있었다.

그렇게 난관에 빠져 있을 때 조사실 문이 열리며, 박 수사관이 진지한 얼굴로 검사님을 불렀다.

"검사님, 잠깐 이야기 좀 하시죠."

"예, 잠시만요. 너 기다려. 금방 돌아올 테니까."

이런, 공양파라는 놈들이 유통시킨 엑스터시와 일치한 건가.

꼬맹이와 둘만 남게 되었지만, 몇 분 전만 해도 활기차던 녀석은 잔뜩 주눅이 든 채, 주변을 힐끔거리며 눈치만 볼 뿐이었다.

"혜순아, 아까 검사님 말씀 못 들었어? 자꾸 이러면 어머니 모시고 와야 되고 그러면 서로 좋을 게 없어. 다 너 생각해서 이러는 건데. 왜 이리 고집이야, 그리고 아무리 생각해도 니가 말하는 건 말이 안 돼. 너도 그게 뭔지 들었잖아. 길바닥에 그냥 약 하나만 덩그러니 놓여 있었다는 게 말이 되니? 안 그래?"

말을 듣곤 주변을 한참을 살피며, 뭔가를 골똘히 생각하던 꼬맹이가 코를 훌쩍이며 입을 열었다.

"피… 그 아저씨가 갑자기 막 화내고 겁주고… 너무 무서워서 진짜 아무것도 생각이 안 났단 말이에요."

진작에 이랬으면 서로 피곤할 일도 없었잖냐.

"그럼, 이제 좀 생각이 났어?"

"네. 근데 눈물 값은 받아야죠! 공짜론 안 돼요."

"뭐라고? 이게 진짜……."

아휴, 어떻게 난 이런 인간들만 만나는지… 광현이 녀석이 성별만 바꾸면 딱 이렇지 않았을까.

콩!

"아! 갑자기 왜 때려요!?"

얼씨구. 아까 검사님 앞에서 겁먹고 벌벌 떨던 게 고새 살아나셨구만.

"몰라. 나 말 안 할래요."

어련하실까……. 그렇게 내가 만만해 보이나?

"오케이. 그럼 나도 따님이 마약을 소지해서 지금 검찰에 잡혀 있다고 너희 어머니한테 연락 드려야지. 뭐."

"그런 게 어디 있어요!"

세상이 그렇게 호락호락할 줄 알았냐. 정말 좋은 사람들 만난 줄 알아라.

"어디 있긴 여기 있지. 아까 검사님께서 그렇게 하신다는 거 말려줬더니. 이게 고마운 줄은 모르고 사람을 가지고 놀라 그래?"

"진짜 치사하네. 이래서 사람은 믿는 게 아니라더니……."

누가 할 소리를…….

안쓰러워서 잘해준 사람을 이렇게 뒤통수 친 주제에.

"양혜순 씨 말 돌리지 말고, 대체 어떻게 된 건데요?"

"별거 아니에요. 우리 고등학교 근처에 있는 공장에서 애들이랑 놀다가, 걔들은 노래방 간다고 하길래 귀찮아서 안 간다고 하고 혼자 나오다 케첩 깡통을 찼는데, 그 안에 담긴 봉지에서 알약이 쏟아져 나왔어요……. 그래서 그냥 신기해서 하나 가져왔어요."

"그 봉지 크기가 얼만했는데?"

"제 손바닥 두 개 합친 크기였으니까 크진 않았어요."

그래도 그 정도면 수백 알은 족히 넘었겠지.

"근데 공장인데, 니가 어떻게 들어갔어?"

"아, 원래 안경 공장인데 거기 문 닫은 지 몇 년 됐어요. 중학교 때도 애들이랑 많이 가서 놀았거든요."

"자랑이다, 자식아."

한마디 했더니 또 다시 바락바락 대드는 꼬맹이를 달래며 들은 내용을 전해주기 위해 밖으로 나가자, 이미 윤 검사님께선 수화기를 들고 어디론가 전화를 걸고 있었다.

"최승민이 심문 잘하던데?"

박 수사관님마저 웃는 걸 보면 모든 게 두 분의 예상 범위 안이었던 건가.

"뭡니까? 지금 이 상황은 저 이용당한 건가요?"

"어쨌든 좋게 마무리됐으면 된 거 아니겠습니까."

인자하시던 수사관님의 미소가 왜 이리 오늘따라 얄밉게 보이는 걸까.

"그러게 아까 내말대로 부모님 호출했으면 바로 끝났을 걸, 뭘 그리 복잡하게 일을 처리하게 만들어."

말을 마친 검사님께선 누군가와 통화를 하기 시작했다.

"아, 황 검사. 미안해. 바빠지겠어? 이거 마약과 담당이잖아. 야! 연수생 끼고 이런 사건까지 처리하라고? 부장님께 말씀드리면 어차피 니들한테 간다니까. 그래. 장소는 일산 00안경 공장. 그게 지금은 정황만 포착한 거라, 며칠 동안 24시간 감시를 해야 할 것 같아. 몰라~ 아무튼 고생해라."

그렇게 꼬맹이가 엑스터시를 가지고 온 지 2주 후, 일산 폐공장에 대규모 마약을 은닉한 채 전국으로 유통시킨 조직폭력배 일당을 잡을 수 있었다.

"이야~ 최승민. 한 건 했어? 응?"

"제가 뭐 한 게 있나요? 수사 도와준다고 마약담당부서에 가서 멀뚱히 서 있기만 했는데요."

검사님과의 대화를 듣던 박 수사관님께서 웃으며 말했다.

"아니에요. 승민 씨 아니었으면, 저게 또 나돌고 있는 것도 몰랐을 텐데요."

"그래. 수사관님 말씀대로 잘했어. 내가 쭉 지켜보니까 너 이쪽으로 재능이 좀 있는 거 같은데, 검찰로 오지 그래?"

한 달 전엔 이딴 식으로 일 처리 할 거면, 검사는 하지 말라고 하신 것 같은데요…….

"글쎄요. 연수원 성적이 될지 모르겠네요."

"내가 니 성적도 모를 것 같냐? 3.9점이면 충분히 100등 안에 들 텐데 성적도 좋은 자식이 어디서 약을 팔아?"

"그건 어떻게 아셨어요?"

분명 공평성을 기한다고 실무기관에는 비밀로 한다고 했던 걸로 기억하는데?

"설마 그걸 모르겠냐? 다 알지, 자식아. 잔말 말고 검찰로 와. 이건 뭐 성적만 높으면 죄다 대형 로펌 아니면 판사야."

* * *

"야, 양혜순. 좀 웃어라."

"아저씨 같으면 지금 웃음이 나오겠어요? 가뜩이나 애들이 얼마나 놀렸는데요!"

윤 검사님과 나 그리고 박 수사관님 가운데 낀 채, 상장을 들고 사진을 찍고 있는 꼬맹이의 표정이 가관이었다.

"사진 찍겠습니다."

찰칵.

"이씨. 이게 뭐야!"

촬영이 끝나자 꼬맹이 녀석이 당장에라도 버리고 싶다는 듯 모범 시민 상을 노려봤다.

"그게 내신에 얼마나 도움이 되는데? 남들은 못 받아서 안달이구만."

"됐거든요? 그렇게 좋으면 아저씨가 가지시든가……."

"승민이 저 녀석이 하도 주자고 귀찮게 해서 주는 거지, 너 같은 범죄자 꼬맹이한테 누군 주고 싶겠냐? 싫으면 내놔. 반납할 테니까."

윤 검사님의 말에 녀석이 싫다던 상장을 가슴에 품은 채, 내 뒤로 숨는 모습을 보곤 다들 웃음을 터뜨렸다.

이렇게 엑스터시 사건과 함께 2달여간의 검찰 실무도 막바지로 치닫고 있었다.

"근데 아저씬 진짜 가는 거예요?"

"어, 2달 동안 실무 나왔던 거라니까. 이번 주까지만 있으면 끝이야."

"제 생각엔 아직 한참 부족한 거 같은데요?"

"그건 니 성적이겠지."

"저 공부 잘 하거든요!"

퍽이나 그러시겠다.

꼴찌나 안 하면 다행이지. 아무튼 이젠 그새 정든 검찰청과 요 맹랑한 꼬맹이와도 작별인가.

*　　*　　*

“다들 그동안 고생 많았다.”

“오빠도요. 그럼 분위기도 살릴 겸, 일단 한잔하죠.”

영선 누나의 말과 함께 잔을 부딪친 우리들의 입가엔 오랜만에 미소가 맺혀 있었다.

“막냉이 놀리는 것도 오늘이 마지막인가~ 조금 아쉽네?”

2년 동안 놀렸으면 됐지. 아쉽기는.

“그렇게 놀려놓고 뭐가 아쉬워요.”

“말이 그렇다는 거지. 하여튼 귀여운 구석이 없어.”

선머슴같이 술을 들이키는 인간이 할 말은 아닌 것 같은데.

“누나야말로 좀 조신할 수 없어요. 여자가 ‘캬!’가 뭐예요. 진짜…….”

“술은 원래 이렇게 마시는 거야. 알지도 못하면서!”

“야, 승민이 말대로 그 버릇은 좀 고쳐라. 진짜 쪽팔려서 같이 술을 못 마시겠네.”

주위의 시선을 느낀 영선이 누나가 핀잔을 줬지만, 그러거나 말거나 수영 누난 콧노래를 흥얼거리며 오돌뼈를 집어 먹는 모습에 문준이 형마저도 눈살을 찌푸렸다.

"아휴, 저거 연수원 다닐 때 남자라도 하나 건지게 해줬어야 됐는데."

"오빠! 이래봬도 연수원 오기 전에 S여대 퀸카 소리 들었던 사람한테 그게 무슨 말도 안 되는 소리예요."

"에휴, 술이나 먹자. 승민아, 술 따라라."

"예, 형. 이런 날은 먹어야 남는 거죠."

길거리에서 당한 헌팅만 해도 수백 번이라는 수영 누나의 궤변을 한 귀로 흘리며, 문준이 형과 영선 누나와 잔을 부딪치자 그녀가 억울한지 씩씩대며 우리를 노려봤다.

"뭐야! 다들 내 말 못 믿는 거야?"

그 모습을 힐끔 본, 영선 누나가 못 볼 걸 봤다는 듯 그녀를 무시한 채 말을 돌렸다.

"근데 이제 다들 어떻게 되는 거예요?"

"뭘 어떻게 돼. 영선이 너는 박&킴에서 스카우트 제의받았다며 거기로 가는 거 아냐?"

"글쎄요. 생각 좀 더 해보고요."

다른 사람들을 보니, 대형 로펌에서 제안을 해왔는데 생각하고 자시고 할 게 있냐는 눈빛이었다.

"뭐, 영선인 그렇다 치고 수영이 넌 어떻게 할 거냐?"

"성적이 나쁘지 않으니까, 판사 지원해 봐야죠."

"그럼 나랑 같은 처지구만. 승민인 일단 군대부터 가야지?"

그렇게 꼭 집어서 말할 필요까진 없을 것 같은데…….

"예. 안 그래도 이미 군법무관 신청해 놨어요."

"그래. 잘 다녀와."

"막냉이, 힘들면 혼자 질질 짜지 말고 누나한테 전화 하고!"

"예. 잘 다녀올 테니 걱정 마세요."

"아, 진규도 같이 있었으면 좋았을 텐데."

연수원에서 같이 군대나 가라던 농담을 자주하던 수영 누나가 쓴웃음을 지으며 진규 형의 이야기를 꺼내자, 순식간에 분위기가 무거워졌다.

"그러게. 괜히 미안해지네."

궁상맞게 포차에서 술이나 마시고 있는 사람들이, 진규 형이 지금 뭐하고 있는지 알고 나면 그런 말 못할 텐데…….

"그 형 여름에 유럽 갔다가 12월엔 이집트로 간다고 했으니, 지금쯤 이집트에서 신나게 놀고 있을 걸요? 그러니까 괜한 걱정 말고 술이나 마시죠."

"뭐!? 막냉아 그게 무슨 말이야?"

수영 씨, 부담스러우니까 얼굴 좀 치우시죠.

"뭐긴 뭐예요. 머리 식힌다고 여행 떠난 거지. 내년엔 어떻게든 연수원 졸업 할 거니까 걱정 말라고 안부나 전해달라던데요."

"넌 그걸 왜 이제 말해?"

어라? 그러고 보니, 고새 잊고 있었네.

"아… 죄송해요. 6월에 법원 실무실습 나갔을 때 연락했던 거라, 다시 연수원 들어와서 정신없이 지내다 보니까 깜박했어요."

"뭐? 잊을 게 따로 있지!"

수영 누나가 쏘아붙이는 걸 보던 문준이 형이 분위기를 수습했다.

"됐어. 연락도 안 한 우리가 무슨 할 말이 있냐. 어쨌든 진규도 잘 지낸다니까 기분 좋게 술이나 마시자."

문준이 형의 말에 다들 수긍한 듯 다시 연수원 졸업을 기념하는 조촐한 술자리를 즐기기 시작했다.

『다시 한 번』 4권에 계속…